梦想的力量

MENGXIANG DE LILIANG

赵郁秀 著

大连出版社

DALIAN PUBLISHING HOUSE

© 赵郁秀　2017

图书在版编目（CIP）数据

梦想的力量 / 赵郁秀著.—大连：大连出版社，2017.1（2024.5重印）
（红色记忆）
ISBN 978-7-5505-1097-5

Ⅰ.①梦… Ⅱ.①赵… Ⅲ.①纪实文学—作品集—中
国—当代 Ⅳ.①I25

中国版本图书馆CIP数据核字(2016)第194519号

策划编辑：于凤英　卢　锋
责任编辑：于凤英　李玉芝
特邀编辑：林爱敏
封面设计：蓝瑟传媒
责任校对：张丽娜
责任印制：徐丽红

出版发行者：大连出版社
　　　　地址：大连市西岗区东北路161号
　　　　邮编：116016
　　　　电话：0411-83620573 / 83620245
　　　　传真：0411-83610391
　　　　网址：http: // www.dlmpm.com
　　　　邮箱：dlcbs@dlmpm.com
印　刷　者：永清县晔盛亚胶印有限公司

幅面尺寸：160 mm × 220 mm
印　　张：9.75
字　　数：136千字
出版时间：2017年1月第1版
印刷时间：2024年5月第6次印刷
书　　号：ISBN 978-7-5505-1097-5
定　　价：39.00元

唱响爱国主义主旋律 | 序

邓友梅

"爱国主义是中华民族精神的核心。""把爱国主义作为文艺创作的主旋律。""让爱国主义精神在广大青少年心中牢牢扎根。"……

在我和同志们学习、领会习近平总书记在全国文艺工作座谈会和中共中央政治局第二十九次集体学习会上的这些讲话时，收到了我的老同学赵郁秀寄来的一份手稿，说是大连出版社将为她出一部新书，要我写个序言。

我现多病，久不提笔了。但顺手翻翻手稿目录，有的文题吸引了我，随之读下去。这不正是近两年我国民众隆重纪念重大革命活动、弘扬爱国主义精神、唱响爱国主义主旋律的中国故事嘛！纪念中国人民抗日战争暨世界反法西斯战争胜利 70 周年，

邓友梅同赵郁秀

纪念中国共产党建党 95 周年，纪念红军长征胜利 80 周年，以及纪念中国人民解放军建军 90 周年，全有展现，真乃"讲好中国故事"！

恰值中国作家协会正举办纪念中国共产党建党 95 周年、红军长征胜利 80 周年系列文学活动，以推动作家们以爱国主义精神追寻中国梦、讴歌我们的伟大时代。我动心了，准备打破我的封笔守则。另外，赵郁秀是我的老同学。半个多世纪前，我们都是丁玲、田间任所长的中央文学研究所（现为鲁迅文学院）二期的同学。比起白刃、张志民等参加过抗战的老文艺战士，我们以及苗得雨、孙静轩、李宏林等算是小字辈，当时都 20 多岁（她年龄最小）。同窗两年，听过茅盾、老舍、郑振铎、冯雪峰、游国恩、胡风、冯至、黄药眠、吴组缃、李何林等诸多名家讲课。1953～1955 年，我们在祖国的黄金时代度过了金子般灿烂、美好的时光，永记不忘、友谊长存。

我欣然答应动笔作序还有一原因，是此书在大连出版社出版。大连是个美丽的地方，开放较早，尽管大连出版社成立仅二十几年，但据我所知，大连出版活动历史悠久。在解放战争年代，党中央在西柏坡时，作家丁玲写出了《太阳照在桑干河上》，当年中宣部领导、毛泽东主席读过此书都很赞赏。据说，毛主席亲自嘱告胡乔木同志同大连联系，在大连印制、出版，说那里印得好、印得快。丁玲将随蔡畅大姐去匈牙利参加世界民主妇联代表大会，可将这本书带去，毛主席说"这是代表中国人民的"。那时全国主要城市还没解放，由大连光华书店出版的这本新书已走向世界，之后又获得了斯大林文学奖。这也是大连的光荣。今天的大连出版社，继承传统，旗开得胜，他们主办的"大白鲸"原创幻想儿童文学优秀作品征集活动享誉全国，还在北京举办过幻想儿童文学高层论坛。

我曾见《文艺报》（2007 年 3 月 10 日）有一篇评介辽宁儿童

文学及赵郁秀同志的长文，称辽宁为"儿童文学重镇"，辽宁的中青年作家屡次获国家大奖，因为在他们背后有位"不求名、不图利，甘为作家们的进步而忙碌的前辈"。

我的同学赵郁秀多年忙碌于辽宁儿童文学事业，现已80余岁高龄了，还能抽暇不断发表文章，不断有新书出版，我为之惊喜。我翻阅的这部纪实文学部分书稿，正如我文前所说，是追述中国重大革命历史进程、唱响爱国主义精神的中国故事。自建党始，毛泽东同志领导秋收起义、井冈山会师、红军长征，至九一八事变中国全民奋起抗战，有浴血白山黑水的东北抗联英雄，有一二·九运动的青年先锋，有一·二八淞沪战役的勇士，还有扬名中外的中国远征军。虽然不是作者亲历，但都是亲历者亲口诉说，作者多年亲自接触、专题访问，是有历史依据的真实故事。作者没有经历过抗日战争，但她目睹了日寇对东北的霸占和统治，经历过解放战争和抗美援朝的烽火岁月，她书写的革命前辈、红军将士、抗战人物大多都是她在那个年代相识、相知的，有感情交流，有共鸣，所讲述的中国故事虽非金戈铁马、枪林弹雨，但所选取的活生生的细节，真实可信，实事，实录，描写形象，感人至深。

《梦想的力量》是作者对抗战老作家的追思。记得在纪念中国人民抗日战争胜利70周年时，《人民日报》曾开设一专栏——《铭记，抗战中的文艺》，其中一期为"抗战中的文学"，醒目首题为"我的家在东北松花江上"，这里着重介绍了早早举起抗日大旗的东北作家群。对此，本书中均有专题书写，有萧红的知友白朗、端木蕻良，有萧军的知友舒群、罗烽，还有雷加，以及虽无专题采访也有文字介绍的李辉英、骆宾基等。他们以自己的作品深情书写了国破家亡、人民遭难的历史和中国人民顽强的抗争精神，正如《人民日报》所述，

"每一个字都是滚烫的呐喊"。

书中所追思的作家，除被誉为"抗战文学开拓者"的东北作家群外，还有两位以脍炙人口的经典歌曲使广大人民特别是人民解放军和广大少年儿童深深敬仰的抗战诗人、作家，那就是军歌词作者公木和《歌唱二小放牛郎》的词作者方冰，他们都是本书作者早已熟悉并尊重的领导和同志。作者以崇敬的心情和简洁的笔锋介绍了他们创作经典作品的时代背景和当时的心态与激情，更通过诸多故事，展示了他们高尚的人品和文品。

神圣的抗战精神和民族精魂，在前辈老舍和丁玲等名家身上更有鲜明体现。老舍在抗战大后方，被推举为中华全国文艺界抗敌协会的领导人，他曾奔赴延安得到毛泽东和朱德的接见。丁玲以"武将军"姿态率领西北战地服务团跋涉在如火如荼的山西前线。著名音乐家李劫夫，就是在丁玲领导下于战火征程中提笔作曲，并经丁玲丈夫陈明介绍加入中国共产党的。这些生活细节在我所读到的诸多评介丁玲的文章和书籍中尚无见闻。大作家、大音乐家在抗战硝烟中结识，在强劲的军旅步伐中飞跃，正体现了神圣的抗战精神和民族精魂。

还有，正值中国文学泰斗茅盾诞辰 120 周年之际，本书特推出记述茅公一文，精心展示了这位不太被人所知的 1921 年便入党的老共产党员的纯净的党性原则、鲜活的伟大而平凡的人性品德，堪称民族精英。

井冈山精神、长征精神、抗战精神，均以爱国主义和英雄主义为核心，源自中华民族的民族性格和民族传统，源自马克思主义同中国革命实践相结合的发展。《信仰的力量》是对革命前辈的深情书写，更是这种精神的体现。自北伐战争至中国共产党成立，优秀的中华儿女浴血奋战，前赴后继，血肉筑长城，中华民族实现民族复兴梦，焕发了新的蓬勃生机，创造了人类社会发展史上惊天动地的发展奇迹。

在纪念中国共产党成立 95 周年，红军长征胜利 80 周年等一系列重大活动之际，大连出版社推出这两部厚重的纪实文学暨报告文学集《信仰的力量》《梦想的力量》别有意义：体现了习近平总书记的多次重要讲话精神——"不忘初心，继续前进"，"长期坚持，永不动摇"，体现了"唱响爱国主义主旋律"，"讴歌民族英雄，倾诉家国情怀"，"为人民抒写、为人民抒情、为人民抒怀"。老少读者皆宜，受鼓舞，增斗志，能够激发坚守信仰、追求梦想、自强自信的"精气神"，助推为民族复兴拼搏奋斗的动力，实现伟大的中国梦。

我想我的同学、作者赵郁秀及大连出版社推出此书的梦想定会得以实现！

目录
MULU

老共产党员茅盾

2004 年，中国现代文学馆举办《崔璇文集》出版座谈会，出席会议的有魏巍、陈明、曾克等文学前辈，还有延安文艺研究会的学者、专家、教授等。会上评析崔璇作品时，不少人提到茅盾先生对崔璇小说的精辟评论，此评论前茅盾先生有"文前说明"：《鸭绿江》编辑赵育秀同志在一年前寄两本书给我，要我读后提点意见。我只读了一两篇，别的事情就来了，一搁就是一年，没有时间再读；可是读过的两篇中，其中一篇，至今我还记得它的轮廓……为了借它来说明问题，我又找出来一读……

会上，有的发言者不知茅盾所提赵育秀何许人，如何能在 40 多年前向茅盾推荐崔璇作品，此人是否比现已 83 岁高龄的崔璇还年长……

我悄悄站起来报告：赵育秀就是本人，现笔名赵郁秀。

半个世纪前，崔璇任辽东省文联主席，我是她属下一个不满 20 岁的小编辑，1953 年，崔璇将我推荐进京考入文研所。1955 年毕业后我到辽宁省作协工作。1962 年，我任《鸭绿江》杂志编辑时给茅盾寄去崔璇的短篇小说集《迎接朝霞》。

那是难忘的 1962 年，在党中央召开的扩大的中央工作会议（即"七千人大会"）上，毛主席强调发扬民主，提出"三不主义"（即不抓辫子、不戴帽子、不打棍子）。毛主席说："让人讲话，天不会塌下来；不让人讲话呢？那就难免有一天要垮台。"经过反右派、"大跃进"的紧张年代后，这时政治空气活跃起来，文艺界也由阴转晴了。8 月，中国作协在大连召开了农村题材短篇小说创作座谈会。会议由中国作协党组书记、副主席邵荃麟主持，作协党组成员、《文艺报》副主编侯金镜协助。周立波、赵树理、康濯、胡采、陈笑雨（笔名马铁丁）、马加、李束为、李准、刘澍德等 20 余位全国著名小说家、理论家出席了会议。辽宁作协派我列席。列席会议的还有《文艺报》编辑组组长唐达成（粉碎"四人帮"后曾任中国作协党组书记）和《人民文学》小说组组长涂光群。文化部第一任部长沈雁冰（即茅盾）携夫人及儿孙在大连度假，据说他率团参加莫斯科的裁军大会回来，一路劳顿，身体不适，医嘱休息，但他自始至终出席会议。

此时我供职的文艺红旗杂志社，正要改刊名为《鸭绿江》，单位派我去大连听会，同时请各名家为新刊《鸭绿江》赐稿。当然最重要的是请文学泰斗茅盾赐稿，他难得来辽宁，不能放过这最好时机。那时中国作协以及我们辽宁作协对领导都不称官职，比如不喊"邵主席"，而称"荃麟同志"，对赵树理都喊"老赵"，对茅盾称"茅公"。20 世纪 50 年代我在文研所学习时听过茅公讲课，也知道他对我们的学习非常关心，改学制三年、去南方旅行、系统读书、多开眼界等建议都是他提出的，开办文研所的经费也是他从文化部经费批拨的。同学及老师们十分感谢他，崇敬他。

1962 年夏，茅盾（右）、安波（中）、周扬（左）于大连合影

　　大连会议开头几天，每当茅公走进会场，大家便肃静下来，正说笑的人立马停止说笑，我坐在最边角之处更是一声不吭。茅公听大家发言极认真，常亲切发问、插话，有时拍着他随身携带、得空便读的一部好像是林则徐日记的书，说林则徐是爱国志士、英雄人物，但他还有封建主义、唯心主义的一面，人无完人，均具个性；又讲唐王李世民怎样善用人才，魏徵怎样刚直不阿，隋炀帝怎样刚愎自用，他们都是帝王将相，都各有特征。文学就是要从生活出发塑造各种有血有肉、有鲜明特征的典型人物，不要回避现实。农民是小生产者，不能硬割他们的尾巴。英雄人物要写，中间人物也要写，他们是有特征、有缺点的可爱的人，如李双双、喜旺、老坚决等。有一次，他还有声有色地讲述他去苏联在街上怎样被小偷掏了包，说明社会主义社会不是尽善尽美，作品就要真实反映。他剖析了很多优秀短篇小说，如茹志鹃的《百合花》、马烽的《三年早知道》等，对心理分析、细节描写都谈得十分细微、深刻。他对当时的作品读得极

其认真,对后起之秀更是热情关切。有人告诉我,茅公现在心情好,畅所欲言。会上,有时李准、陈笑雨等活跃人物还贸然插话,谈笑风生,气氛十分融洽。

当时出席会议的只有一位女作家,是荃麟同志的夫人葛琴,她曾写过一个电影剧本,是取材于大连的中国第一位女火车司机田桂英的事迹,大连文联和铁路局先后请她去座谈讲学,都是由我带路作陪。她是位极淳朴、和善的老大姐,在大连宾馆吃饭时她总是拉我与荃麟同志坐一桌。我和大家一样,都不愿意坐主桌,倒不是怕荃麟同志。都知道他是大革命时期的老地下党员、大理论家、翻译家,我读过他翻译的陀思妥耶夫斯基的《被侮辱与被损害的》,很崇拜他。他体重不足百斤,饭量极少,年轻体壮者不好意思在他面前大吃大谈,只有侯金镜固定陪坐。侯金镜戴着深度近视镜,斯文凝重,一口北京腔,且能完全听懂荃麟同志的娓娓吴语。侯金镜的夫人胡海珠是江苏人,是我在文研所学习时的同学。我去过他家,那时他在华北军区政治部文化部做领导工作,他也指令我陪葛琴。此外,年长些的周立波、胡采及东北籍的云南省作家刘澍德也被指定与荃麟同志同桌。周立波在北满土改时写出的《暴风骤雨》获了斯大林文学奖,到鞍钢后又写了《铁水奔流》,他不断向我询问现在的鞍钢和长住鞍山的作家草明、于敏的近况。胡采是左联老人。刘澍德从东北流亡关内几十年,这次回乡倍感亲切。我们都被固定在八人一桌的主桌就餐了。茅公和家人在另一个小餐厅就餐,但他路过我们餐厅时常过来同荃麟同志用江浙话闲聊。

那时我不满4岁的女儿星星正随爸爸在大连,也住在大连宾馆,她时常跑到我这边来。有一天,茅公在走廊上看见我领着她,便上前逗引她玩。熟了之后,茅公有时给她带来糖果,有时把他的孙女、孙儿领来让他们一同游戏。看星星光头穿裙子,茅公故意问:"小囡的头发哪里去了?小囡啥人?小囡爸爸做啥子事情?"看上去很严肃的大文豪这样平易近人,我不再拘谨了,考虑如何进入我的"主题"。正巧，辽宁省委文化工作部部长、音乐家安波陪同周扬同志到达大连。一天下午，我们共同去夏家河子海滨游泳，安波同志叮嘱我多多关照茅公夫人孔德沚大姐。

我早在文学史料上知晓，当年在沙滩红楼的北京大学预科中文系学习的茅公毕业后进入上海商务印书馆工作，立即被选入编译所，同年长他二三十岁的留学英美的老先生们共事。年近五十、最早在中国翻译英国童话的孙敬修老先生看中他，他们合译了一系列国外科普读物。同时，孙先生又发现这位20多岁的小青年对先秦诸子、两汉经史子集极熟，于是又约他合编了一部《中国寓言》。这可算为中国最早的儿童文学图书，民国元年（1912年）竟三次再版。就是这位学贯中西、博古通今，办公时需以英语同老先生们对话的青年才子，突然被召回故里，要同一位从未谋面、目不识丁的女子完婚。那是他四五岁时由祖父指定的娃娃亲。沈、孔两家门当户对，但孔家的传统礼教极深，女人早缠足、不

茅盾一家人

读书。孔德沚嫁到沈家后，开明的婆母先让她放足，又耐心教她识文断字。安部长小声告诉我，孔大姐于20世纪30年代随茅公在上海参加过共产党，鲁迅逝世时，治丧委员会还选派她专陪宋庆龄，很有工作能力。我理解安部长的意思：孔大姐不是一般家庭妇女，要精心关照。

我扶孔大姐慢慢下海，不一会儿她又走上来，让我带女儿星星游泳，她自己在沙滩上漫步。我带女儿边游泳边不住扭头观望，突然发现她不慎摔倒了。我忙上岸扶她坐到太阳伞下，她闭上了双眼。我看安部长陪茅公游进大海深处，忙把女儿托付给一位解放军小战士，自己向深海游去。我悄声向安部长口头汇报了情况，安部长命我快回岸护理。只听安部长靠近茅公笑说："茅公，里边水凉，我们往回游吧！"待他们到来时，孔大姐已可以慢慢行动了。茅公笑说："无来事，无来事。"我的小女儿见我已游回岸，便离开看护她的小战士，张开两只小手边喊着"妈妈"边向这边奔跑。在软软的沙滩上，她跑几步便摔一跤，爬起来又喊又哭。我在孔大姐身旁不便离开，只能摆手制止她别哭。未料，茅公披上浴衣连喊"小囡、小囡"，三步两步迎上去，扶起了趴在沙滩上的小囡，紧牵起她的小手，拍打她身上的细沙。见她还不住地回头，他便牵着她的手沿她跑过来的小脚窝往回走，慢慢拾起她丢弃的贝壳，边拾边用手晃动，指着大海的波涛说着什么。小囡不哭了，一手攥着贝壳，一手被茅公紧紧牵着。安部长望着这一老一小手牵手在金色沙滩上悠悠漫步，微笑着说："可惜没带相机，这一老一小，一位文学巨匠，一位乖乖小囡，迎着阳光、沙滩、大海，手牵手，是多好的镜头、多好的画面啊！"

这天晚饭时，茅公路过我们的餐厅，荃麟同志又请他坐坐，询问孔大姐的身体情况，茅公连说"蛮好的，无来事！"他们又聊起来，竟从孔大姐体胖喜欢吃霉干菜扣肉说到鲁迅先生也喜欢吃这道菜，又从扣肉说到养猪。茅公说，他小时候在江南老家跟着祖母，最感兴趣的就是喂猪、养蚕。他说祖母身边的佣人提着泔水桶喂猪时，总是捂着鼻子，嫌臭，祖母却从不捂鼻子。那胖胖的小猪一看祖母过来，就紧摇尾巴哼哼叫着，像唱歌似的，蛮好玩的。他有时也帮祖母提泔水桶，喂小猪宝宝。他更感兴趣的是随祖母喂蚕宝宝，白白的蚕宝宝吃着绿绿的桑叶，唰唰地响，蛮有节奏，蛮好听，蛮有趣。

听着茅公对童年生活的简述，我想到在文研所时学习茅盾作品专题，了解到茅盾出身于名门望族，父亲是清末秀才，拥护维新变法，爱好科学，所以他不让长子茅盾进祖父执教的家塾，而让茅盾的母亲教茅盾学新学。茅盾的母亲是大家闺秀，能写会算，知书达理，善管家理财。他的祖母出身于农村大地主家庭，总是喜欢和长工一起养蚕、缫丝，她持家勤俭，严教儿女，总将聪明的长孙茅盾带在身边。

由此，我又想到了茅盾的名篇"农村三部曲"——《春蚕》《秋收》《残冬》，作品中描写的蚕农老通宝和他的孙儿小宝是那样的栩栩如生，老通宝望着桑叶抽芽好似孙儿胖胖小指头般可爱，孙儿小宝仰脸看着绿绒似的桑拳头，边跳边拍手唱："清明削口，看蚕娘娘拍手。"这三部曲酣畅淋漓地描摹出一幅幅具有鲜明时代气息和江南地域特色的风景画，诗意中蕴含着深刻的哲思，真实地反映出茅盾儿时的切身情感体验和理性认识。

第二天晚饭时，赵树理没来吃饭，说感冒了。宾馆医生诊治后给他开些西药，他不吃。这位长脸、高个的赵树理是地道农民本色，不游泳，不跳舞，满桌海鲜他很少动筷，雪白的馒头、白米饭他不吃，一日三餐离不开黑面馍（宾馆特意为他做全麦面粉馒头）外加老陈醋和油泼辣子。他坚决不吃西药，我陪他去买中药。华灯初上时，我们走了几条街，才在天津街找到一家已关门闭店的中药房，我硬敲开店门，好说歹说买来中药。回到宾馆，老赵服药后，我刚要离开，迎门进来了侯金镜和茅公，他们前来看望老赵。看老赵病情好转，他们便聊起中药的作用，都很内行。我这才知道茅公的外祖父是坐堂名医,祖父、父亲也都精读过医书,懂医术,还能给求医者开药方。茅公笑着说:"他们开的常常是有方无效。"他说他在八九岁时父亲生病卧床,吃了本家药方不见成效,祖母便到城隍庙去求神许愿。他们家乡乌镇,每年阴历七月十五,城隍庙都举行隆重的庙会,众信徒抬着坐有城隍老爷像的大轿出游,轿前轿后还有鼓乐、"地戏"等,助兴的队伍浩浩荡荡。求神许愿者要将自家的小男孩扮成"犯人",脖子上挂着银锁,跟在"地戏"人群后边行走。八九岁的茅盾也被扮作"犯人",一路听着震耳的鼓乐,一路观赏街两旁欢乐的人群,绕镇走了十来里路也不觉累,感觉很好玩很热闹,还没有走够。回家后听人说起走在他前面的鼓乐和"地戏"表演得多么精彩,他又有些懊悔了,如果他不当"犯人",而是趴在自家的楼窗上,看着一年一次的大游行该是多么开心、多么过瘾哪!不过,他是为父亲治病许愿,如果父亲的病真的好起来,他这小"犯人"默默走上几十里、几百里也心甘情愿。谁料一年之后,父亲病故了,才 30 多岁,当年他不足 10 岁。父亲临终前由母亲记下了父亲的遗嘱,他深深记住了一句话:"大丈夫要以天下为己任。"他还深记着母亲亲笔写的挽联里的一句话:"誓守遗言,管教双雏。"

这晚,三位文豪关于中医中药的谈话,我没记得多少,但是茅公儿时被安排求神许愿当"犯人"游行及他父亲年纪轻轻便病故之事,深深震撼着我。当时我便感到,坐在我面前的这位共和国部长,虽然未像父亲期望的那样学好理工、科学救国,但也已成为中华民族的文学巨匠、时代号手,又是新中国文化事业的领军人。他少年时代的生活阅历是那样的丰富、不凡,他又那样平易近人,总是和平民百姓紧紧牵手,同呼吸、共命运,难怪他的著作能那样脍炙人口,堪称宏阔史诗。

茅公平时不苟言笑,但是谈起家乡的故事,他是那样的充满情意。江南的风土人情吸引着我、感染着我,使我想到白居易的《忆江南》:"江南好,风景旧曾谙……"什么时候我能到那韵味无穷的江南古镇去走走看看，得以熏陶呢？

有了这两三天的接触，我可以单刀直入向茅公约稿了。虽然我曾寻机向茅公介绍过我们要改刊名的简况，他还是很认真地问：为啥子要改刊？改后打算怎么办？都请谁写了文章？……我说请了老舍、沈从文先生等。他笑着说："你们蛮有办法哩，蛮好。他们都是大手笔。我没啥子好写，不成文章。"还说："你们还是请当地作家多写，特别注意多发发青年人的文章哩！"我连连表示一定努力。我又说："我们杂志社由从北京新来的戈扬同志任编辑部主任，她嘱我一定请您支持我们改刊。"他想想说："戈扬是能干的女将，办《新观察》杂志蛮有办法的。"还问我她爱人胡考现在在哪里，工作了没有。当时戈扬夫妇都刚摘了右派帽子，胡考还没分配工作。茅公却如此了解他们，关心他们，同他关爱蚕农老通宝一样关爱着受过磨难的人，他的心、他的情总是倾注于弱势群体。之后，他很谦虚地对我说，他手里有些读作品的笔记，不成文章，不知可用否。我喜出望外，要立即随他取稿。他说莫急，要整理。第二天开会前，茅公果真交给我一个鼓鼓的牛皮纸封筒，打开一看，是用毛笔小楷竖写在黄色宣纸上的《读书札记》，四五千字，共评了四个短篇小说，有孙峻青的《交通站的故事》和《鹰》，有管桦的《旷野上》和《葛梅》。前言写道："五六月间，委有任务，读了 1959 年至 1961 年三年间的优秀小说若干篇……《文艺红旗》将改版为《鸭绿江》，嘱写短稿，仓促间不知何以应命，不得已遂将此项笔记拣数则付之……"文稿字迹清新、工整，评点细腻、深刻，画龙点睛，由浅入深，又颇有感情，引人一口气读完。我高兴得连连道谢。当时在场的唐达成同志也为我庆幸。他说："我们在北京也不容易拿到茅公的手稿呢，这次你是独家，收获大大。"

茅公的《读书札记》于 1962 年 10 月改刊的《鸭绿江》第 1 期头题发表了。发稿后我给茅公一封信，深表戈扬同志及我们全体编辑的谢意，同时希望他能继续赐稿。为表示期望他能评点我省作家作品的意愿，我随信寄去了崔璇的《迎接朝霞》和韶华的《巨人的故事》两本书。他很快回了信，以表谢意，又寄来了《读书札记》之二，评的是马烽和王汶石的短篇小说，四五千字。我们当即决定于1963年第1期头题发表。发表后我又写信致谢、约稿，不久，茅公又寄来了评韶华短篇小说集《巨人的故事》中的《渴及其他》的文章，刊于《鸭绿江》1963年第3期。1964年，上海《萌芽》创刊，于第1期头题发表了茅盾评崔璇小说《迎接朝霞》的文章，即本文前面所提的"文前说明"。

茅公对《迎接朝霞》的评价题为《举一个例子》，共五六千字。我读后高兴又后悔，悔不该同茅公暂停联系，这篇好文章明明该《鸭绿江》发表，岂能外流？我立即提笔给茅公写信。不久，收到了他的亲笔回信，信中说明，《萌芽》主编哈华见《鸭绿江》连发他的文稿，便赴京登门拜访、索稿，他无奈便将已写好的评崔璇小说一稿给了他们（后来哈华写信并曾来沈向我致谢），待他有暇可以再给我们写稿，但目前不行，他正领受一个评《红楼梦》的任务，他想写得短些，但短文也要苦读大量资料和几十部书，身体不佳，实感吃力，致歉，等等。我知道，博览群书的茅公对《红楼梦》熟悉到可以随口背诵，可以挥笔成文，但是他仍认真苦读、严谨治学，真正做到"坚金砺所利，玉琢器乃成"。以后，我看到《文艺报》上刊登了他评《红楼梦》的文章，确实不长，但见解精辟，颇有深度，真乃"字求其训，句索其旨"，"如切如磋，如琢如磨"。我立即想象七十老翁于炎炎夏日伏案笔耕的崇高形象，看到一代文豪严谨治学的态度，以此为楷模，永远激励自己。他的来信我精心保存。不料，1966年革命狂风起，造反派抄家时，我精心保存的茅公及老舍、刘白羽等很多著名作家的来信都遗失了。这是无法弥补的损失。每想及此，痛楚不已。但是，更使我痛楚的是1962年难忘的大连会议召开不久，在北戴河召开的党中央工作会议召开之后，本次大连会议被定成"黑会"，邵荃麟被批为"反党分子"，茅盾"靠边站"，侯金镜等成为"黑线人物"。待浩劫之后，又陆续听到周立波、赵树理、陈笑雨、侯金镜等不少作家的悲惨命运，我怎能不痛楚不已。

弹指一挥，岁月如歌，不觉四十多年过去，茅公离开我们也三十多个年头了。近几年我有暇拜谒了茅盾在北京的故居，也游历了浙江的乌镇，那正是油菜花开、遍地金黄的明媚春季。见这有着一千三百多年历史的水乡古镇，排排明清古建筑，四门八坊，楼台阁廊，水巷交错，亭榭堤桥，真个是"日出江花红胜火，春来江水绿如蓝，能不忆江南？"在这里，我看到了修旧如旧的城隍庙、将军庙，看到了茅盾曾就读的立志学校，看到了"林家铺子"……这里，不仅有古朴、幽雅的茅盾故居、纪念堂，还有我党一大女代表、马克思主义先驱王会悟和老科学家兼革命家孔另境纪念馆。王会悟家同沈家是近邻、远亲，沈家两代人都接受过她的革命思想的影响。

这时，我已悉知，1921年7月，中国共产党诞生后，李达、王会悟夫妇便介绍茅盾加入了共产党，并在他任职的商务印书馆编译所建立了党的秘密联络站。每当收到"沈雁冰先生转鐘英女士台展"的信函，茅盾便冒着风险，机智地将信函送到上海党中央处。有人以为鐘英是沈先生的新婚夫人或情人。那是党组织的代号。上海党中央遭破坏后，他同党组织失去了联系。1940年春，茅盾夫妇从新疆逃脱，辗转到达延安，得毛泽东、张闻天、朱总司令等领导热情接待，请他多次到"鲁艺"讲课，参加抗日宣传活动。这时，茅盾正式申请，要求恢复党组织关系。党中央认真研究，认为他留在党外做抗日救亡、文化统战工作更为有利。茅盾默默承担了这一历史重任。

1981年3月27日，茅盾病逝。当日，他的儿子韦韬便向党中央呈交了父亲的遗书：望逝后追认他为中共党员。3月31日，中共中央决定：恢复沈雁冰同志中国共产党党籍，党龄从1921年算起。

中华人民共和国的文化部长，不仅是享誉海内外的文坛巨擘，更是伟大的中国共产党堂堂正正的老党员，光明磊落的老布尔什维克！

老舍没有远行

独抱寒衾忍不眠／长思死别廿九年／爱国忠诚如烈火／
舍家抗战两地牵／相亲相谅又生路／似血似泪断续篇／默视
无言心宁静／为民乐业力争先……

这是人民艺术家老舍的夫人、著名画家胡絜青的诗赋《忆老舍》。

1984年春，老舍85周年诞辰之际，人民大会堂举办了有彭真、
习仲勋等诸多国家领导人和专家、文友出席的隆重纪念大会。会上，
胡絜青代表全家宣布，将老舍故居、书稿、字画等全部捐献给国家，
后赋诗述怀。

当年，这深情的述怀使我心灵震颤，久久沉思，思起50年代我

听老舍先生讲课，毕业时老舍先生又送行、合影的一幕幕；思起 60年代我去拜见在鞍山汤岗子温泉疗养院疗养的老舍先生，聆听到他的肺腑真言，看到他的全家福照片的一幕幕。那时方知他的夫人胡絜青不仅是画家，还曾是文学教授，师从钱玄同大家。今天，她同老舍"长思死别""似血似泪"历经的苦难，不仅使我震撼、崇敬，更使我想寻机拜见这位倔强的满族长者、伟大的女性。

几年后，我主编的《五彩的园圃》一书有幸获得第二届冰心儿童图书奖，颁奖台上在座的有雷洁琼、叶君健、杨沫等名家，为我颁奖的正是我敬仰的胡絜青老人。颁奖仪式后，我曾同她并座畅谈。这次谈话使我理解了老舍夫妇这一满族家庭不仅如巴金所赞"他的全部作品都贯穿着一根爱国主义的红线"，他们的一切行动也始终展现了"爱国忠诚如烈火"的风范。

老舍不足一岁半时，其父亲——一位满族护军——便在 1900 年八国联军进攻北京时战死。八国联军挺进京城，洗劫烧杀，抢走老舍家的衣物后，还将空空的木箱扣到了正在襁褓中熟睡的老舍身上，老舍也因此幸免于难。这尚不谙世的婴儿心灵怎能不深深刻下对杀父仇敌的记忆？怎能不燃烧忠诚爱国的烈火？五四运动后的 1922年，在南开中学的双十节纪念会上，青年学子舒庆春（老舍本名）激情演讲："我们要负起两个十字架……我们既要为铲除旧世界的恶习、积弊和有毒的文化而牺牲，也要为创立新的社会民主和新的文化而牺牲。"

但是，这一对正红旗下精忠爱国的满族父子，他们负起十字架献身后的骨灰盒里都没有留下他们的忠骨骨灰。父亲舒永寿骨灰盒里装着的是他抛于战场的血迹斑斑的布袜子和生辰八字；而存于北京八宝山公墓的老舍的骨灰盒里，装的是先生笔耕用的眼镜、钢笔、毛笔和他最喜爱的茉莉花（当年"四人帮"下令"不得保留骨灰"）。

于新中国成立后最早被授予"人民艺术家"称号、深受人民崇敬的老舍，于 1966 年"文革"风暴乍起的 8 月，因不忍被打得遍体鳞伤的屈辱，独自走向同他母亲祖居仅一墙一水之隔的太平湖，投入了一生含辛茹苦抚养他长大成人、将宁折不弯的刚烈性格传给他的敬爱的母亲的怀抱。

老舍没有留下骨灰和遗言，却给我们留下了深深的爱国主义红线足迹。20世纪30年代初，老舍从英国任教归国，同胡絜青女士完婚，夫妇在山东任教、讲学、生子，自称"乐安居"，创作走高，《骆驼祥子》《我这一辈子》等四五部长篇小说、中篇小说及短篇小说集相继问世。抗战炮响，老舍挥泪搁笔，舍妻撇子投入抗战洪流。"弱女痴儿不解哀，牵衣问父去何来？……徘徊未忍道珍重，暮雁声低切切催。"1937年11月，老舍独自抵达汉口，冯玉祥将军亲自接老舍到他家下榻。当时冯将军大力提倡高唱抗战歌曲，曾请陶行知之子到福音堂等地教歌，老舍立马随之而行，同时运用快捷的鼓词、相声等通俗文艺形式创作并亲自表演，及时向群众宣传抗战。老舍连夜写出的《丈夫去当兵》（张曙作曲），在群众中得到极大反响，普遍传唱。他曾说："在战斗中枪炮有用，刺刀也有用。我的笔须是炮，

1955年，文研所二期毕业照（部分）。一排右起：公木、吴伯箫、陈白尘、老舍、田间，学员胡海珠、贺抒玉、赵郁秀、邓友梅。二排右起有胡尔查、李宏林、白刃、苗得雨等

也须是刺刀……"鲁迅先生亦说过，"从唱本、说书里是可以产生托尔斯泰、佛罗培尔的"（《论"第三种人"》）。

1938 年 3 月，周恩来在武汉汉口组织成立了中华全国文艺界抗敌协会（简称文协），推举老舍为总务部主任，即总负责人。从武汉到重庆，老舍一直全力以赴做好文协工作。

文协的宣言提出，民族的命运，也必将是文艺的命运。老舍花费了大量心血，团结、组织作家以笔为武器，为正义呐喊，参加抗战。他不仅以自己的长项写出大量为群众所喜闻乐见的宣传抗战的通俗文艺作品，还创作了抗战小说《火葬》，通过艺术形式告诉人民，"在战争中敷衍与懦弱"就是"自取灭亡"，必须战斗！1942 年，他在一文中写道："抗战以后，我差不多没写过什么与抗战无关的内容。我想报个人的仇，同时也想为全民族报仇，所以不管我写得好不好，我总期望我的文字在抗战宣传上有一点发作。"他还说，敌人"抢的是中华的土地，杀的是我的同胞；假使这样的仇恨，还不足激动我的心，我就不算人了，更何有益于文艺？"

在重庆，老舍还组织了一个由宋之的、杨朔、叶以群等二三十位作家组成的战地慰问团，到前线慰问，其中东北作家有罗烽、白朗夫妇等。慰问团从重庆出发，经陕、甘、宁、豫等八省，遭敌机轰炸三四次，险些丧命，历经近半年时间，在枪林弹雨中长途跋涉，慰问"苦斗战士"。老舍因文协常务工作繁忙，加之腿脚不便，未能随行，但 9 月慰问团到达延安时，他也赶到了。毛主席在窑洞里接见了老舍，说："你是周恩来的朋友，也是我们的朋友，为了抗战，我们走到了一起。"毛主席还设宴招待了他们。老舍同毛主席、朱总司令并肩而坐，举杯同饮。老舍还即兴表演了京戏清唱，表达了万众一心、勇猛杀敌的真情。这是老舍第一次同久仰的毛主席亲切会面交谈，他真切地感到共产党就是大公无私、为国为民。他无比钦佩地说："毛主席是五湖四海的酒量，我不能比；我一个人，毛主席身边是亿万群众哪！"事后他写了一首歌颂延安的长诗《剑北篇》，当年《新华日报》给予高度评价。《剑北篇》可谓最早的延安颂，曾被朱自清誉为"使诗民间化"的"抗战诗坛"代表作。

新中国成立，老舍曾立誓"为创立新的社会民主和新的文化而牺牲"的新时期到来，他肩负这个十字架，勤奋创作，敬业工作。因操劳过度，身体不适，周总理安排他到鞍山汤岗子温泉疗养院疗养。辽宁省作协得知后，特派我前去看望并约稿。

那天，我下了火车径直来到老舍的房间。他的房间是一床一桌两木椅，桌上有一酒瓶插着各色野花，发出幽幽清香。那时没有买花、献花的风气，但我已因两手空空贸然到来而有些发窘。老舍却热情直说："我来时一再表示不要同当地打招呼，不要惊动人家，我就是一个普通疗养员嘛！"

为了打破僵局，我表达了辽宁省作协对他的问候后告诉他，我在文研所学习时听他讲过课，讲的是文学语言问题，他的关于如何从生活中提炼语言的精辟论述，我至今记忆犹新。毕业合影时，先生还曾大声热情嘱告：扎根群众，勤学苦练！我边说边学着他当年手杖拄地、高高扬手的姿势。老舍哈哈大笑起来，说："那是在鼓楼东大街一个朱漆大门院里吧？我这人，一看见青年朋友就想说句掏心窝子的话嘛！"抗美援朝时，以贺龙为团长、老舍任副团长的赴朝慰问团到朝鲜前线，中途路过安东，我们接待过他们。之后我读到了当时很轰动的他的长篇小说《无名高地有了名》。记得当年有评介说，老舍坚持在朝鲜前线半年有余，同志愿军战士同吃同住，并要爬到被志愿军英雄顽强攻破的敌人"最坚固的阵地"老秃山高地看看，战士们要背他上山，他坚决不依，硬是自己拄杖一步一喘攀上山顶。后来，写出了这篇有开创性的军事题材长篇小说。

老舍听我说完嘿嘿笑着说："你这小同志记性挺棒哇，那《无名高地有了名》是我写兵的第二部长篇。"我马上插话："第一部是抗战时写的《火葬》吧？"

老舍点点头，回忆似的说："这第二部真胜过第一部哟。我在朝鲜前线和战士们一起蹲坑道，听炮声，那一平方米多的秃山顶上竟落了1000多发炮弹，真是英雄战士、英雄阵地，我两手扑地爬也要爬到山顶去，若不怎么能产生《无名高地有了名》呢！那半年多的火炼，炼了身体，炼了灵魂……"

他掏心窝子的话使我联想到我亲历的抗美援朝的炮火，想到从他作品的炮火硝烟中展现出的"可爱战士"，以及"颇有学问的"指挥员们那机智勇敢、气壮山河的英雄气概。他是"北京味"权威，也可称"火药味"的"勇士"。他写出的北京平民和"最可爱的人"惟妙惟肖的形象，都经过了历史时光的考验。同时，他笔下还有脍炙人口的旗人、艺人……记得当年在《龙须沟》上演之前，有一出轰动京城的话剧《方珍珠》，写的是一女艺人的故事，好像还拍成了电影。此剧很容易让人想到著名评剧演员新凤霞。我贸然问老舍先生："听说新凤霞和著名作家吴祖光结婚是您给介绍的，您还是主婚人，是吗？"

1956年中国作家访问团访问印度等国。前排右一老舍，右三萧三，右五茅盾，右六周扬，右八白朗（女）

老舍微微一笑，没点头也没摇头，给我讲了一个当时令我感到非常新奇而有趣的故事。

1950 年 3 月，中国民间文艺研究会在北京成立，郭沫若被选为理事长，老舍等为副理事长。老舍很重视这个职务，任职后立马带人到北京天桥视察。十四五年前他在北京时，常到这个艺人聚集的地方。现在旧地重游，一切都感到新鲜。有一小客店，挂着新凤霞的大照片，有人打着锣鼓吆喝：新凤霞唱戏在万盛轩 / 一毛钱就能看一天 / 我店离万盛轩真不远 / 看戏回来请住我店 / 大通铺卫生还省钱……

老舍果然去看了新凤霞的评剧，回来便想在这能躺十来人的大通铺上睡一宿，第二天接着看剧。陪同人员绝不同意他住在这儿。他只好交了住宿费，坐着闲聊一阵。正巧遇一人来募捐，说是有一花旦演员得了重病，"戏迷"们有人捐出几角或几元钱。老舍打开钱包拿出 20 元人民币。那人深鞠大躬，要他留下姓名和地址，老舍说自己是卖野药的，名叫龙套。从此老舍和新凤霞的剧团也有了些联系。对吴祖光，老舍是在重庆认识他的，吴祖光工作的《新民晚报》首发了毛泽东的《沁园春·雪》，国民党要追捕他，他逃至香港，后来到北京。老舍领吴祖光看新凤霞的评剧，二人一见钟情。1951 年，二人结婚，欲在酒店办婚礼。当年这样大的举动很少，他们便声称办"鸡尾酒会"。当时可能有人不知"鸡尾酒会"之名，或故意要幽他一默，来赴宴的侯宝林等还真的抱一大公鸡，要割鸡尾助兴。

我觉得这个故事很有趣，随口说："您可以写篇很有趣的散文。"老舍摇头说："咦，使不得，写不得……"

我理解了，那个年代是不宜发表此类散文的。我郑重问了一句："先生，您手头还有朝鲜的战地随笔或写北京的散文吗？"说着递上了我带去的文学杂志。

老舍先生翻翻杂志，直率地说："哦，派你来是向我约稿的呀！"他沉思一下，慢慢说："现在办杂志都要反映现实生活。我现在可不能像当年那样爬山走路喽，出门步步离不了拐杖。在北京每天至少还要吃个鸡蛋吧，能与群众同吃同住吗？不真正深入工农兵生活，哪能写出你们期望的反映工农兵现实生活的好作品呢？"

这一番话使我有点儿吃惊，我觉得这样一位德高望重的老艺术家同我这无名小辈发出如此肺腑之言，在当时是难听到的，这真是一位掏心窝、讲真话、光明磊落的真实老人。我不知该如何回答，但这番真话使我放松了，同老人随便闲聊起来。我说曾听女作家白朗说过，冯玉祥将军有一首打油诗："老舍先生到武汉，提只提箱赴国难。妻子儿女全不顾，赴汤蹈火为抗战。"

老舍先生笑笑，长叹一声说："那时真是赴汤蹈火为抗战，一心狠打日本鬼子，舍家抛业，什么也不顾了。可苦了他们母子三四口了。"

我试问："以后，他们长途跋涉也到了重庆。据说您就是依据他们在北平敌占区的经历创作的《四世同堂》，是吗？"

老舍点点头："正是，正是。"

1943 年，胡絜青携子女千辛万苦赶到重庆，一家六口居住在抗战文协办公地北碚。北碚原是嘉陵江边的一个小镇，全国抗战爆发后，成为大后方的文化中心，聚集了郭沫若、胡风等大批文化精英，被称为"三千名流汇北碚"。他们抗战热情高，力量强，但生活很艰苦，多住简陋茅屋、吃糙米，"数月未尝肉滋味"。老舍一家的住房老鼠多，他们便趣称为"多鼠斋"。

在"多鼠斋"里，夫人胡絜青不断向老舍述说日寇侵占北平后她的所见所闻。人民所受之涂炭，日寇无恶不作之暴行，激起了老舍对敌人的仇恨及对苦难人民的同情和呼喊。他满腔激愤，酝酿长篇小说。1944 年，他开始动笔创作《四世同堂》。他以营养不良之弱体，夏抗炎热，冬抵严寒，呕心沥血，坚持写出了《惶惑》《偷生》两部，以北平为背景，描绘一家四代人历经沧桑终不解体，顽强生存的不可征服的民族抗争精神。此书被评为抗战小说中的经典。同时，

抗战时期老舍一家人在重庆

老舍还创作了短篇小说《火车集》《贫血集》，加之长篇小说《火葬》，总计 200 多万字。这抗战极其艰苦的四五年，竟是老舍文学创作的高峰期。

"说是高峰期，其实是时代的产物。"说着，老舍顺手从一本书里抽出一张他们的全家福。这是我第一次看到他的夫人胡絜青——高高身材，眉清目秀，文人气质。老舍告诉我，她烧得一手好菜，还能亲自给他裁制绸料衣衫和皮袍子，是贤内助。但他们不门当户对。老舍出身于满族底层贫民，除他，自祖辈往下数，家里没有一个识字的。而胡絜青的父亲，是清朝正三品大官。不过他们能结成姻缘也有相似的缘分，他们都是父母膝下的老疙瘩，都被视为掌上明珠，读书亦都上进。胡絜青考取师范学院时，班里只有三个女生，她苦读到大四，便能在《京报》副刊上发表散文小稿了。所以，她一直任语文教师，是老舍的得力助手。因她小时随母亲描红绘画，新中国成立后师从齐白石老人，成为国画大家。

可能因为在疗养院老舍独居一室，少有谈话对象，也可能因为我曾是他的忠实学生和读者，他热情亲切如我的家长一样开怀畅谈，使我了解到了两个满族家庭的演变，更体味到他的作品中那曾被鲁迅先生称为"地域特色颇浓厚"的十足京味和满族旗人的独特性情和风格。他笔下常常现出"泪中有笑，笑中有泪"的幽默、悲凉的场景。清末民初，满族没落，失去了皇粮、俸禄，生活无着落，只好拾起游牧时代的歌舞特长，靠吹拉弹唱，以诙谐、幽默的方式排解心中郁闷。老舍自幼便受通俗文艺的熏陶，在幽默、诙谐、乐观中滋生了要改变命运的坚毅、自强、抗争奋斗精神。他的作品是他亲历、熟悉的生活的再现。正如英国学者卡莱尔对莎士比亚的评语，"他高贵真诚的灵魂茁壮成长于自然的最深处……他就像一棵橡树，从大地的怀抱中成长起来"。坐在我面前的这位真诚老人，就是扎根于大地、不断发出自然的声音的高大橡树！

当我同老舍先生告别时，他手拄拐杖起身，一定要把我送到火车站。那时疗养院所在地是农村小镇，去火车站的路是沙石土路，火车只停一分钟。我一再劝他停步或我扶送他回去，他坚持不依。当发现路边有野花摇曳时，他又驻足哈腰采下几株野花送我。我马上想到"护花之神"的美誉，老舍大师乃真、善、美的化身！当时我曾想待将来有机会去北京再拜见先生时，我一定买束他喜爱的鲜花赠献先生（已为终生遗憾了）。我手持野花扶先生一步一步过铁路到火车站。我匆忙上车，火车开动后向他招手，隔窗望着他一手拄杖、一手向我扬手的身影渐渐远去，不由想到朱自清的散文《背影》，他虽不是"青布棉袍、黑布马褂的背影"，但确是"我两三回劝他不必去"，他只说"不要紧"，"显出努力的样子"，"慢慢"行走。那拄杖扬手的身影，正是在"晶莹的泪光中"远去的"我最不能忘记的"父辈的"背影",迎风挺立的高大的橡树。

一个月后,老舍寄来一篇题为《学生腔》(刊发于《鸭绿江》1962年10月号)的短文,谈的还是有关文学语言的问题。他以通俗易懂的语言,谆谆告诫读者要"思路清楚,说得明白,须经过长时间的锻炼,勤学苦练是必不可少的"。这后一句,正是当年他嘱告我们的掏心窝的话,也是语言大师老舍的终生体验和忠告。他的语言来自生活,来自民间,精彩、生动、凝练,又富有诗意,可谓炉火纯青。

以后我读到了老舍炉火纯青的《正红旗下》,正是他浸透半生心血酝酿、构思出的真正的文学,自然的声音,满族文学的扛鼎之作。他以浓墨重彩展现了清末民初满族及中国社会风雷激荡的历史画卷,展现了满族文化的独特风采和历史表现力。遗憾的是,我们读到的只是这部长篇小说开头的11章8万字,仅读到小主人公的诞生和童年。我们冀希他的成长,我们等待读下去。但是,我们再得不到这艺术的享受,再领略不到这部经典小说给予我们的深邃思想了。老舍先生在正红旗下肩负着两个十字架,痛苦地放下了他的可以指点江山、激扬文字的巨笔。这支笔和那香气不绝的美丽的茉莉永远在他的骨灰盒里放香,让我们深深记忆这支笔留给我们的闪耀着民族光辉的文化遗产,给予我们世世代代汲取不尽的永恒力量和对美的追求。老舍先生仍拄着拐杖幽默地、亲切地、频频地向我们招手,如高大橡树挺挺站立。大师,没有远行!

冰心的美和爱

近 20 年前的早春——1999 年 3 月 1 日，我打开刚收到的《文艺报》，读到头版头题《春的问候》，以欣喜的心情默吟着朱镕基同志到医院看望世纪老人冰心写下的"祝冰心老人，健康长寿……"表达了总理乃至全国人民的祝愿，热望老人能活过百岁，迎接新世纪。未料，下午电视荧屏上便发出冰心逝世的讣告。随后我便接到《沈阳日报》的约稿，含泪写了一篇《缅怀冰心老人》的短文。

不觉近 20 年过去了，时值冰心老人逝世 15 周年、115 周年诞辰之际，我又提起笔来，倾诉永远的思念。

对中国儿童文学泰斗冰心，我有写不完、述不尽的话语。我家四代人（姑母、我、我的女儿及外孙），都是读着她的《寄小读者》长大的。我主编的已有近 40 年历史的《文学少年》，至今还用着她老人家题写的刊名，从创刊到改刊以及辽宁儿童文学多次大型评奖、研讨活动，都得过她的亲笔贺词、题字及书信、图片等。为答谢她对辽宁儿童文学事业的热切关爱和提携，在她88岁寿辰之际，我特请著名国画家杨德衡画了一幅寿图，带了一点儿辽宁土特产——几棵人参和金奖红梅味精——赶到北京，还领上在北京读书的两个女儿登门拜访。老人家同孩子们的促膝长谈，谆谆嘱告，至今仍萦回于耳。

那是1987年10月，老人寿辰后的一个周日，我们按约登门，冰心老人早已坐在写字台前等候。金秋，和煦的阳光透过窗镜照射在老人座椅前的案桌和身后高高的书橱上，映衬得老人面孔红润又有光泽。老人话语缓慢、斯文，声音却清晰、甜脆，她对我的两个女儿格外亲昵，让服侍她的陈大姐端来茶水和糖果分送，一边抚摩着乖乖趴在她怀里的小花猫，一边以孩子似的口吻同我的女儿对话。得知我小女儿李奇24岁获北大物理学博士学位，被《中国妇女》等报刊称为"祖国最年轻的女博士"时，她惊喜得提高声音："呀！小妞妞是祖国最年轻的女博士，我们民族的希望就在眼前，在我身边哩！"她又问："常到燕园去玩吗？那是我工作、生活了10年的地方。我们都是燕园学子喽！算个学友吧。"

冰心的四代小读者。左起：赵郁秀、赵郁秀之女李星、赵郁秀之姑母赵哲、李星之女蒲忆萱

小女儿立马回答："不敢，不敢。当年您是教授，是我们前辈的前辈，我是学生。"

"不，我最先也是那里的学生哩。"冰心老人慢慢介绍：

她从北京教会办的贝满女中毕业，考入北京华北女子协和大学理科，校址是清王朝的佟王府，就在现在的灯市口同福夹道。府前高台两旁种有一大片猩红色的玫瑰花，艳丽、华贵，花香四溢，她常常坐在花圃草坪上读书，时而深深吸气，让香气通融全身，忍不住想摘一两枝，像有的同学那样插到发髻上。但花枝有刺扎手，很难摘。从这时起她就喜欢上了这带刺的玫瑰，花艳而有风骨，正符合她跟随当海军的父亲常年在大海边踏浪奔跑男孩子似的坚强性格。1919年，北京汇文大学及通州华北协和大学合并，成立燕京大学，次年，北京华北女子协和大学也被并入在内校长是美国人司徒雷登。1923年，她从燕大毕业，被美籍教授推荐到美国威尔斯利女子大学读研究生，毕业后回国到燕大等校教书。新中国成立后燕大并入北大。

冰心老人拉着我小女儿的手，深情地说："20年代，我是燕大学生，80年代，你是北大博士，我们同在燕园读书，名副其实的学友嘛！"

冰心老人同两个孩子一见如故，祖孙般亲密无间，大女儿问："冰心奶奶，您就是在去美国留学的路上写的《寄小读者》吧？"

"是的，我临出国前，同我的父母弟弟依依不舍。弟弟们告诉我说，姐姐，把你一路的观光和对我们的思念一一写出来，寄给我们，我们就隔洋对话了。"

大女儿又说："我从小还不识字时，带我的姑姥姥就给我讲《寄小读者》，姑姥姥小时就读您的书呢。我们家三代人都是您忠实的读者。大海、月光、青山、绿草，太美了！"

冰心呵呵笑起来："这小妞蛮会说话哩，也是博士？"

大女儿忙答："不，我是学农业经济的，经济学硕士。"

冰心笑道："好啊，你们学的专业都是当前国家最需要的。我原来也没想学文，一心想学医。"老人又慢慢介绍起来：她母亲身体不好，她从小就想长大当医生，给母亲治好病，孝敬恩慈的母亲。但是学理科并不像小时跟着父母念《论语》、背诗词、读《三国演义》那么顺口。刚到贝满女中时，老师讲数学课，她硬是听不懂，考试不及格还哭鼻子。大冷的冬天，半夜半夜坐在炕上演算习题，困得眼皮直打架，母亲端来一盘削好皮的心里美萝卜，她吃几口提提精神，再继续演算。是母亲的耐心、爱心帮助她把数学难关攻下来。五四运动又使她走上文学之路。

老人望望我的女儿加重语气说："孩子，不管学什么，心里就是要装着国家和民族。我父亲是甲午海战时"威远"舰上的枪炮官，我小的时候常常听他讲，那次海战我们的海军是多么英勇，而我们国家又败得多么惨。后来，我父亲在烟台办海校，他常带我坐在海滩上叹着气说，孩子，我们中国有那么多好的海港，可是，青岛被德国管，威海被英国管，大连被日本管，我们只能在小小烟台的山沟里办学校，中国人这口气一定要出！"

所以，1915 年，冰心读中学一年级时，赶上日本帝国主义向袁世凯提出"二十一条"，她便跟随高年级同学到中央公园（现中山公园）去听讲演、募捐。五四号角吹响了，冰心又是燕大一年级学生，也随着高年级的同学参加了这次爱国运动，被选为学生自治会的文书，负责写宣传材料。她有位表叔当时在北京晨报社任副刊编辑，表叔从她写的宣传材料中选上几篇，在晨报上发表了。做梦也没想到一心想当医生的她竟登上了文坛。第二年，她便由理科转为文科，开始用笔名冰心投稿。

冰心对我女儿说："我不能当医生，不能给母亲医病，常常内疚。可是我的母亲仍然全力支持我，我每写一篇文章，她都戴上老花镜认认真真地看，而后又认认真真地跟我说她的看法，好像小时候给我讲故事一样，她的意见讲得很有趣味、很有道理呢。"

冰心老人一讲到母亲，便情深意切。她不时凝视窗外灿烂的阳光，自语似的喃喃说："我学理、学文都得到了母亲无微不至、真心实意的指导和深深的爱，母亲的爱是无时不在的，是温馨、永恒的。"

老人的一席话使我想到她讴歌母亲、礼赞母爱的诸多作品。她正是将这种真挚、博深、圣洁的爱奉献给一代一代读者，温暖心灵、陶冶风骨，永葆旺盛精力。我不禁想起"文革"昏暗的日子，我同冰心老人的一次偶然相遇。那是1966年冬，我们一群人来到北京，住在中国文联大楼里。我去女厕所时，看到一位身材瘦小，穿着蓝布中式棉袄罩衫、梳着发髻的中年妇女正在弯腰擦洗便池，十分认真、细致。我低头细瞅，不由自问："这不是冰心吗？"那时图书、期刊基本不登作家照片，所以，虽然冰心名气大，但认识她的人却不多。我在50年代的一次作协会议上见到过她，有印象。我站在水池边不由小声说"冰心"，下边不知如何称谓。她抬起头。我忙说："我是辽宁作协的。"她点点头，笑了笑。这位自20世纪30年代便蜚声海内外的作家、教授，今天却在给我们扫厕所，我心里一阵酸楚。我应该说句什么话以示抚慰呢？半天只吐出一句："您身体好吗？"冰心笑答："蛮好，蛮好，干一点儿活，松松筋骨，蛮轻松！"想不到她以这样的平和心态泰然以对当时的暴风骤雨。

今天我坐在这位年近九十却精神矍铄的老人身旁，几次想提到那次厕所偶遇，却没有张口。她身后书橱上摆放的是两年前逝世的丈夫吴文藻先生的遗像。吴先生是著名的社会学专家，在民族学院任教授时被打成右派，下放劳动。他们是1923年夏在赴美国留学的船上相识的，吴先生在纽约哥伦比亚大学读社会学，冰心在波士顿，两人聚少离多，鸿雁传书不断。我曾在一次有关冰心文学成就的展览上见过吴先生当年给冰

20世纪20年代末，冰心第一代小读者——赵郁秀的姑母（左二）在安东（现丹东）华商小学表演冰心的作品"大海 渔翁"

心和冰心父母的求婚信，蝇头小楷，字字花开，洋洋洒洒，情深意浓，对爱情、对婚姻有着中国传统观念和西方观念结合的很精辟的论述。当时我驻足读完，被深深打动。他们相恋六年之久，结婚后又遇各种坎坷，但始终相濡以沫，坚守着"二人同心，其利断金"，"在荆棘遍地的路上，互慰互勉，相濡以沫"，以"忠贞而精诚的爱情维护家庭和谐幸福"。"文革"中又如何呢？我试探着问："'文革'中你们都去干校了吧？"

冰心说："全家老少八口去了八个地方。老伴在石棉厂劳动，我在湖北干校栽棉花、收庄稼，真正体会了'锄禾日当午，汗滴禾下土'的甘苦。周总理关心我们，1971年相继把我们调回北京，为尼克松访华做准备，我们和费孝通等八个人全力以赴、伏案疾书，翻译了《世界史纲》等百万余字的英文史料。我们心满意足，国家百业俱废时，我们没有虚度年华，度过了一段很宁静的攻学问的日子。感谢周总理！"

说到动情处，老人闪亮的目光又转向我的两个女儿——她一贯挚爱、珍重、弘扬童真美的读者对象。她说："孩子，你们这一代多幸福！这全在于我们的国家有一批周恩来这样的好领导哇！"老人兴奋了，端详着我们赠她的寿星万福图和小礼品，说："赶上这好年头，我得笑口常开，当好寿星，好好品味你们辽宁的金奖味精。这东北人参我不能吃，上火。否则，就当不了寿星喽。"说着，她喊来陈大姐为我

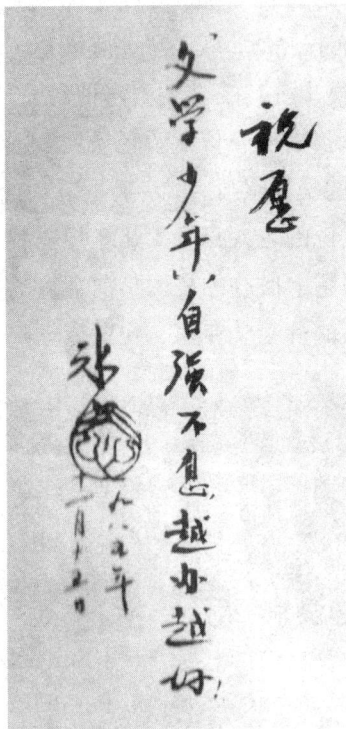

冰心为《文学少年》题字

们合影留念，并一一问我女儿的名字，当听说大女儿叫李星，乳名叫星星时，马上说："这名字好啊，繁星闪烁着……微光里／它们深深的互相颂赞了……"

听她念出了《繁星》的首句，我说："您于60年前出版的第一部诗集《繁星》有很多哲理性警句，我们还能背诵呢。"

老人轻轻摆手："那只是些零碎的思想。那时20多岁，受泰戈尔的影响，随想随记，记了两三年。是我弟弟告诉我可以发表的。我和弟弟都特别喜欢、崇拜泰戈尔。"

"您翻译的泰戈尔作品，有自己的创作语言，非常美。"我说。

"翻译，一定要自己喜欢，要有译者的感情。译者的创作，不是简单的文字解说。文学，特别是儿童文学，就是要给人美和爱呀！"说完她询问了我们杂志发行及辽宁省儿童文学发展的情况，翻了翻我送上的《文学少年》杂志，嘱告我要花力气培养文学新人，要一代胜一代。她指指我女儿说："要注意发现像她们这样年轻的新作者，特别要注意培养女作家。"她又拍拍小女儿的手说："儿童文学就是要眼看着儿童，心想着儿童，弘扬真、善、美！"

我深深记着冰心老人的教导，一直在努力实践着。

几十年来，每当忆起冰心老人对我们母女的关爱、教诲，都会想到巴金先生的话："思想不老的人永远年轻，冰心大姐就是这样的人。"因为她一生追求的就是给世界美和爱。

永远挺立山岭

——追忆"武将军"丁玲

革命人永远是年轻，他好比大松树冬夏常青，他不怕
风吹雨打，他不怕天寒地冻，他不摇，也不动，永远挺立
在山岭……

这是诞生于 20 世纪 50 年代初的著名歌剧《星星之火》的主题
歌《革命人永远是年轻》。

在纪念中国人民抗日战争暨世界反法西斯战争胜利 70 周年的庄
严时日，沈阳音乐学院将这一歌剧改编为音乐清唱剧，从沈阳演唱
到北京国家大剧院，好评如潮。这一经典旋律打动了观众中的几代人。
人们从剧中的演唱，想到了当年在白山黑水浴血奋战的抗联英雄，
想到了参与此剧创作、其主题歌谱写的著名音乐家李劫夫。而我则

从李劫夫想到了他的入党介绍人丁玲的丈夫陈明，又想到了李劫夫正式谱曲的第一首歌是丁玲作词的《西北战地服务团团歌》。

有人说，大音乐家李劫夫的起步可能是从大文学家丁玲手下开始的。当真否？

"文革"前，60年代，在沈阳一次文艺工作者的聚会上，我见到了沈阳音乐学院院长李劫夫，他正同省作协副主席方冰同志闲谈，我上前贸然问道："李劫夫院长，听说抗战初期，您在丁玲领导的西战团工作过？"

"是啊，丁玲是我们的团长。"他瓮声瓮气地回答，然后反问，"你熟悉丁玲？"

"她在丁玲任所长的文研所学习过。"方冰同志立即介绍。

"我是她的学生。"我答。

"我也是她的学生。她是团长，我是团员。"李劫夫思索一下，又说，"她这个团长，没有一点儿官架子，平易近人，极其普通。"

啊，丁玲，20世纪30年代，她的学生这样评价她；20世纪50年代，她已成为获得斯大林文学奖的著名作家，依然如此。

丁玲是我少年时就崇拜的女作家，我读过她二十来岁时写的《莎菲女士的日记》，她似莎菲一样彷徨、郁闷，自述"像一只灯蛾，四处乱闯地飞，在黑暗中找寻光明"。

20世纪50年代初，我读过她在《人民文学》发表的《一个真实人的一生——记胡也频》，她深情地忆述了她崇拜、挚爱的胡也频怎样从一个学徒工苦读苦学、奔波、探索、追求、觉醒——"人不只是求生的动物……人应该创造，创造生命，创造世界"，终成为共产党员作家。

1931年，她深爱的胡也频（"左联五烈士"之一）同其他23名共产党员被国民党反动派于上海龙华淞沪警备司令部秘密杀害。她"擦干了泪，立了起来"，决心"将沿着他的血迹前进"。

当年，我读此文时，正值朝鲜战争爆发不久，我所在的安东市连遭美国飞机轰炸，严加灯火管制，我是趴在被窝里用手电筒照着，读这篇万余字长文的，我的心也如她自述读胡也频的作品一样"心怦怦然"，"惊叹他在写作时的气魄与情感"。丁玲含泪书写，我含泪阅读。她"没有一时忘记过他"，"他人是死了，但他的理想活着，他的理想就是人民的理想"。

当年，年轻的丁玲在白色恐怖中，怀着为人民的理想，明目挺身识真伪，哭夫抛雏迎风暴，满含悲愤写出了《从夜晚到天明》，勇敢接受主编《北斗》创刊的重任。不久，丁玲秘密加入中国共产党，瞿秋白、潘汉年代表党中央宣传部主持了她的入党宣誓仪式。与其同时宣誓的还有国歌词作者、戏剧家田汉和作家叶以群等。随后，丁玲出任了"左联"的党团书记，担起了"左联"的领导责任。瞿秋白称"冰之，飞蛾扑火"。

1953年，我被丁玲任所长的文研所录取，兴奋得好几夜睡不好觉。到达北京后不久，一天，丁玲由秘书张凤珠陪同突然来到我们学员宿舍，同学们又惊又喜，瞪眼傻乐。在我们正式开学前，这位为我们所崇拜的大作家竟悄无声息地出现在我们面前了！那时正是丁玲的辉煌时期，她却没有大作家的架子，虽已年近五十，但步履矫健，谈笑风生，和同学们并排坐在木床边，像唠家常一样询问同学们的姓名、年龄、来自何地等。她圆胖的脸颊，黑亮亮的大眼睛，弯曲的黑发下衬着时尚的花丝巾，飘逸、潇洒、风度翩翩，颇有亲和力，同学们也转拘束为随意。她静心听着同学们七嘴八舌提出的一些有关读书和创作的问题，微笑着说："读书，要把自己的感情投入到书里嘛，让书中人物的感情留在你的脑子里，不能冷冷静静单纯从书里找主题，找写作方法……读书是一种享受，享受久了，在脑子里会形成一种活的东西，有一天碰到一种思想，构成了一个主题，这就活了。"那时，正要召开全国第二次文代会暨第一届作代会，她先问大家希望文学方面主要解决什么问题。听罢大家议论后，她说："我看是要研究怎样写出一本好书来，议好了就是最大的收获。我说过，徐光耀写了一部《平原烈火》，轰动了，你再想写出一部那样或者比那本更好的书，就要下去生活，读书学习，要再攒足些劲，再上一层楼哟。"（徐光耀后来写出了名作《小兵张嘎》。）

后来，在文研所的课堂上，在第二次文代会讲台上，她都热情呼吁作家"从群众中来，要到群众中去，铆足劲拿出好作品来，到群众中落户，把感情投进去，用自己生命换得的东西，永远是自己的"。当时我们坐在中南

1979 年，丁玲同在文研所学习过的女作家合影。一排左起：张凤珠、刘真；二排中：丁玲；三排左起：逯斐、赵郁秀、周艳如

海怀仁堂的旁听席上，只听掌声迭起，赞赏不止。之后，全国各大报刊都刊登了"到群众中落户"的至理名言。万未料到，两年后（即1955 年），接着"反胡风运动"，大批丁玲。"一本书主义""文研所独立王国"，这成为她"沽名钓誉"的"反党罪状"。自此，丁玲夫妇从被下放北大荒到被关进秦城监狱，又被流放到山西农村，20 多年苦难过去，1979 年才重返北京。

1979 年 11 月，全国第四次文代会、第三届作代会召开。我正在北京修改《党的好女儿张志新》书稿，以特邀代表的身份得以旁听会议。丁玲于新侨饭店同出席文代会和在京的文研所一、二期的同学亲切会面，我们几位女同学紧紧围坐在丁玲座椅旁。丁玲当年墨染似的弯曲黑发已现出缕缕银丝，那炯炯有神的双眼眼角也绽开鱼

尾纹。她望着大家深情地说："蓦然回首，20 多年了，我多么想念你们啊，我曾经多次想过，我们可能要到那边才能见面……不过，我一直认为我就是一个共产党员，我不能沉沦下去。死是比较容易的，而生却很难，多么痛苦哟！但是，我要从死里求生啊！"我们眼含热泪，望着她那也含有泪水的亮亮的眼神，那花白的长发，那额头上的皱纹，深刻着 20 多年难以想象的精神和肉体的摧残！但是她铿锵一句话："朝前看！"接着又明确表白："我们决不能沉湎于昨天的痛苦而不停呻吟叹息，也不能为抒发过去的忧愁而对现今多挑剔。不是有首歌嘛，革命人永远是年轻，他不怕风吹雨打，他不怕天寒地冻，他不摇，也不动，永远挺立在山岭！"这使我们感到她的声音还如 20 多年前的多次讲话一样，像一团燃烧的火，燃烧着我们，更有力地激励着我们，永远挺立在山岭！大家含泪欢笑，纷纷合影留念。

　　1984 年春末的一天，我专门去看望早已定居北京木樨地部长公寓的丁玲，同时也想听听她介绍长沙周南女校和她最崇拜的九姨——妇女领袖向警予的情况。

　　丁玲新家宽敞明亮，客厅里摆放着女雕塑家张得蒂为她创作的一座青年丁玲汉白玉雕像，长发飘逸，目光炯炯，直视远方，洁白无瑕。丁玲端坐在雕像前的沙发上，沉思以往，慈爱、安详，也似一座雕像，娓娓述说着半个多世纪的风雨征程……

　　丁玲的家族蒋家世代官宦，父亲为清末秀才，曾留学日本。母亲是大家闺秀，识文达理。丁玲不满 4 岁时父亲病逝，家境衰败，母女移居舅父家，寄人篱下。5 岁后，母女分别进入湖南常德师范和幼稚园学习，此间，母亲同热心办平民教育的女革命者向警予结拜为干姊妹。母亲为大姐，向警予为九妹。那时，丁玲刚上小学，称向警予为九姨。九姨对她们母女热心关照，冬季，看大姐将厚棉被给了住校的女儿用，而自己则盖着女儿小时用的薄薄小被，她便同大姐同睡一张床，同盖一床厚被。她常常将自己读的《新青年》

等进步书刊推荐给大姐。九姨还常对刚刚懂事的丁玲说："你的母亲是非凡的女性，她的最大理想和希望都寄托在你的身上，你长大要为母亲争气啊。"丁玲幼小的心灵深深记住了这句话，一生也没有忘怀。她刻苦读书，听母亲的话，进入中学后积极参加社会活动，在五四运动的大游行中，她喊口号、撒传单，走在前列……以后，她又随九姨到了更倾向革命的周南女校。

我插话说："前两年我去湖南，听说您就是在周南女校读书时将原名蒋炜改名为丁玲的，是吗？"她笑笑，说："不，是念上海大学时和好朋友王剑虹一起改的。王剑虹逃脱旧式婚姻，和瞿秋白结了婚。那时讲男女平等，废父姓，废包办婚姻。我念周南女校不久，就和杨开慧等一些女同学到岳云男子中学读书了，冲破男女分校界限，反封建嘛！"

丁玲就是这样，接受了母亲和九姨、杨开慧等人的思想影响，敢想敢做，开朗，豪放，追求真理，自强自立。她的作品、她的工作、她的为人都曾得到过鲁迅、瞿秋白、茅盾等人的称赞。就在1933年她在"左联""飞蛾扑火"大展翅膀之时，她被国民党秘密绑架，囚禁于南京。国内外众多民主人士，宋庆龄、蔡元培、柳亚子及罗曼·罗兰、古久里等，多次发出抗议和声援。后讹传丁玲遇害，鲁迅沉痛赋诗《悼丁君》："如磐夜气压重楼，剪柳春风导九秋。瑶瑟凝尘清怨绝，可怜无女耀高丘。"（鲁迅逝世后，丁玲便以"耀高丘"之名发去唁电。）

1936年，在党的多方营救下，丁玲机智地逃出南京牢笼，"飞蛾"不死，奔赴陕北红区。党中央在保安小镇破格宴请，热情接待她，尊重她当红军的意愿，毛主席亲自安排她随杨尚昆到了前线，不久，便用军事电报传去《临江仙·赠丁玲》词："壁上红旗飘落照，西风漫卷孤城。保安人物一时新。洞中开宴会，招待出牢人。纤笔一枝谁与似？三千毛瑟精兵。阵图开向陇山东。昨天文小姐，今日武将军。"

　　"昨天文小姐"怎样成为"今日武将军"？丁玲随杨尚昆到了抗日前线，不久，便被任命为中央警卫团政治部副主任。虽未带兵打仗，但她身着戎装，同战士们一起踏上了戎马行程，很快写出了《到前线去》《警卫团生活一班》等战地速写。不久，七七事变爆发，中国进入全国抗战时期。丁玲被任命为新成立的西北战地服务团（简称西战团）主任（即团长），该团的任务就是宣传抗战、服务抗战。她在《西北战地服务团成立之前》一文中写道："以一个写文章的人来带队伍，我认为是不合适的，加之我对于这些事特没有经验，简直没有兴趣，什么演戏、唱歌、弄粮草、弄柴炭……但拿了大的勇气把责任扔上肩头……"

　　毛主席同丁玲亲切谈话时，

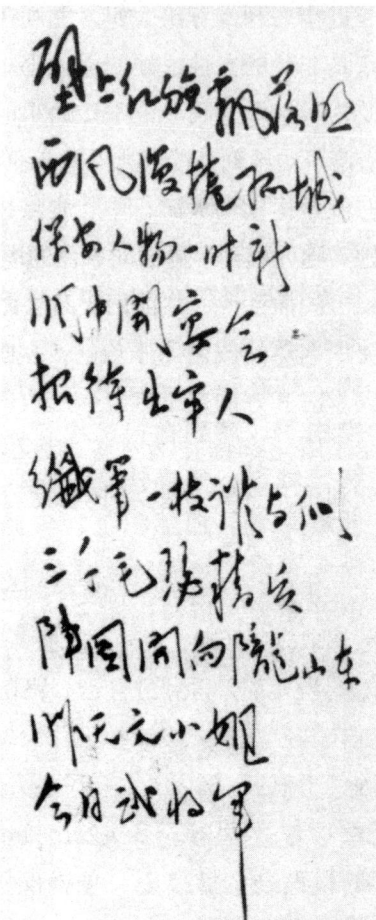

毛主席致丁玲电文

说："这项工作很重要……到前方去可以接近部队，接近群众，宣传党的政策，扩大党的影响……""你是写文章的，不会演戏，但可以领导，可以学嘛……"

　　丁玲在日记中直述："当一个伟大的任务站在你面前的时候，应该忘记自己的渺小……不要怕群众……领导是集体的……要确立信仰……工作要刻苦，斗争要坚定，解释要耐烦，方式要灵活……我以最大的热情去迎接这新的生活。"

丁玲同副主任吴奚如及领导班子周密安排了工作，制定了《西北战地服务团纲领》。丁玲还忙里偷闲赶写了一个抗战话剧《重逢》。话剧在欢送西战团的晚会上上演了，丁玲还扮演了一个只有几句台词的群众角色。当时丁玲正忙着团里的工作，需要上台时，她也顾不上化装、换服装，反正她的角色是八路军工作人员，急急忙忙原装原样原生态走上台。熟悉她的台下观众一阵哈哈大笑，她一紧张还忘了词。待台下笑声停止，她便以演员，也以一个革命者的身份，充满感情地道出了抗日救国的几句台词。闭幕后，在台下看戏的毛主席急忙走上台同大家连连握手后，说："丁玲也上台了，好哇！你们用口与日本打仗，军队用枪与日本打仗，文武夹击，使日寇在我们面前长此覆亡下去！"

丁玲掩饰不住激动，提笔写了一首长诗，请刚入团爱收集民歌小调还有一把小提琴的东北青年李劫夫试着谱了曲，大家齐唱后，确定为《西北战地服务团团歌》：

> ……
> 战争的号角在前方怒吼，
> 我们踏上了抗日的征程。
> 我们是万道电流，
> 向全世界传播着战地的呼号，
> ……
> 我们是一股飓风，掀起抗战的巨潮，
> 让我们把一切都献给这神圣的战争！
> ……

丁玲率西战团高唱着"献给这神圣的战争"的团歌，离开延安，东渡黄河，踏上了抗日的征程。到达山西，她在《临汾》一文中开篇便道："大家拼命赶路，不顾一天涉过二十几条河，也不顾在黑山关里走过三十里的乱石路，脚都磨起泡了。天黑时才赶到土门。……

都十点半钟了。男女老少来了五六百人，煤油灯也借到了，演出《保卫卢沟桥》短剧，吼声震动了山谷，土门的宿鸟全拍着翅膀飞起来了，狗四方窜着，老百姓含着眼泪拼命地呼喊：'打倒日本帝国主义！''武装保卫山西！'……"

这就是"武将军"丁玲领导的西战团的一夜战斗片段。在这样日夜不停地行军、演出、宣传、组织群众全力抗日的战斗中，她还不放下笔杆，文武齐开战。她在《一颗未出膛的枪弹》跋中写道：

"武将军"丁玲在延安

"我是一九三六年十月卅一号从西安动身到保安去的。路上走了十一天，在保安住了十二天，我写了七八篇东西，叫《保安行》。后来随前方总政治部主任杨尚昆同志北上，也有六七篇，叫《北上》。西安事变后从定边到三原，又写了七八篇，叫《南下》……"

这里所说的作品中，便有《到前线去》《南下军中之一页日记》《彭德怀速写》《记左权同志话山城堡之战》等特写，还有诗歌《七月的延安》，等等。她还在夜晚油灯下坚持编辑出版《战地》刊物，以后又编辑出版了《战地》文艺丛书。西战团烽火征战的活动受到前线广大抗日军民的欢迎，鼓舞了人民的抗战决心和勇气。同时，她也获得了自己的爱情。在如火如荼的战斗历程中，她同她领导的部下、宣传股股长陈明相爱了。

陈明在上海读高中时就参加了地下党组织的未名剧社并任社长，演出田汉等人的抗日剧作，后又参加筹备全国学联，1936年加入中国共产党。他到达延安后，参加演出了高尔基著名小说《母亲》改编的同名话剧，饰演"男一号"——母亲的儿子伯维尔。戏中，伯维尔有段独白和独唱，在台下看戏的刚到延安不久的东北青年李劫夫用自己带来的小提琴，自动为伯维尔配了一段音乐，大大增强了演出效果。演出闭幕，陈明下台，发现了天才李劫夫，后来便拉他加入西战团。不足一年，陈明介绍李劫夫加入中国共产党。

而丁玲，也在看话剧《母亲》时，被英俊的青年革命者"伯维尔"所吸引，那配有音乐的独唱，那洪亮的歌喉、动人的表情深驻丁玲心灵。她和陈明相爱后，鸿雁传书，丁玲在信首多写着爱称"伯夏"。他们结缘，一直同甘共苦，白头到老。

1938年，周恩来在汉口成立了文协（后迁往重庆），丁玲当选为理事。不久，延安成立了文协延安分会，丁玲被选为副主任（主任为艾思奇，后为吴玉章）。丁玲回到延安，主持文协工作，并任《解放日报》文艺副刊主编（后为舒群）。同时，她还继续为西战团编写剧本。她的反法西斯名剧《新木马计》在《解放日报》发表，演出后，反响强烈。

1942年，丁玲出席了延安文艺座谈会，按照《毛主席在延安文艺座谈会上的讲话》的精神到前线、到群众中，创作了大量反映抗战英雄和陕北先进人物的作品。毛主席看过她的《田保霖》和欧阳山写的《活在新社会里》，高兴得深夜不眠，当即写信赞赏说："我替中国人民庆祝，替你们两位的新写作作风庆祝……"并邀请她和欧阳山当晚于毛主席的窑洞吃便餐、深谈。他们是名副其实的反法西斯文艺尖兵，是扎根人民、服务人民的人民作家！

1948年，丁玲写出了长篇小说《太阳照在桑干河上》（后荣获斯大林文学奖）的书稿，也得到了毛主席的亲切关怀。那是在西柏坡，丁玲把刚刚写完的长篇小说送给文艺界有关同志阅读，有人说她将地主小姐黑妮写得太美了。丁玲又送给了主管宣传工作的胡乔木、艾思奇、萧三同志审阅，他们很快看完，一致称赞写得好，缺点次要。毛主席特别接见了丁玲，一起散步，一起聊天，反复对她说："要几十年才能看出一个人的发展。""你是同人民结合的。"并嘱胡乔木尽快给大连发电报，在大连出版，说那里印得好，印得快，还让她把这本书拿到她即将出席的世界民主妇联代表大会上去，并说："这是代表中国人民的。"

我告诉丁玲，我最早读《太阳照在桑干河上》就是大连光华书店的版本，大连不少群众都是这本书的第一批读者。丁玲笑着说："我对大连、对东北是蛮有感情的。当年，我随蔡畅出国回来到哈尔滨又到沈阳，就想留在东北工作，写森林、写大工业。那时草明在沈阳车辆厂当工会主席，我和她同住了不少日子。我想去鞍钢，东北局的领导也留我，还要安排陈明去当工厂厂长。1949年6月，北京再三催调我回去筹备文代会，就没留下。十几年后到了北大荒，倒是被长久留了下来。20年后，我有了自由，又去了辽宁大连，就是1982年，我和陈明到沈阳五三工厂、低压开关厂，还有大连工学院等都讲了课，蛮好的。住在大连棒槌岛，心情和大海一样开阔，写了好多篇出国访问的散文，你们辽宁作协有一位开车的张师傅，一直陪着我们，实在感谢他。这次也算补了我当年有心留在东北的一小课吧。"她嘱我回沈阳后向张师傅问好。

这时，陈明走进客厅，我说："欢迎你们二位再到东北。"陈明笑着说："她现在还忙得很，等她的问题彻底解决了，有空真想再去大连，沐浴大海，心胸开阔。20多年耽误的时间总想夺回来，要朝前看嘛！"他们夫妻出国的讲演和回国后写的文章都是表达着大海一样无边辽阔、高屋建瓴的胸怀。

丁玲复出后，不叹息，不停顿，全力投身于工作，呕心沥血，勤奋笔耕，不断出访，传播友谊，足迹遍布东西半球，声誉传扬几大洲。面对国外记者各种提问，她坦荡、凛然地回答："我搜索自己的感情，实在想不出更多的抱怨。我个人是遭受了一点儿损失，但是党和人民、国家受到的损失更大……""要往远处看，站得高才能看得远。"她经历磨难，痴心不变，诚挚，刚毅，不说假话，这就是"扑火飞蛾"丁玲的本性。当她得知我写了有关张志新烈士的书时，细细问了有关张志新的一切情况，动情地告诉我，她曾为张志新流过眼泪，同命运啊！她称张志新是一位值得大写特写的女英雄，写她，要写得气壮山河，不能把我们国家、我们民族写得毫无生气。

那时有人对丁玲的言行不能理解，说她"左"，疑惑她是"故作姿态"，甚至有人认为丁玲的"历史问题"还没彻底解决，她的心头还有"压力"，所以说话"谨慎""正统"。

就在我在丁玲家畅谈的时候，来了一位湖南出版界的同志，他进屋就报喜，笑着告诉二老：听说中央要下达一个有关丁玲同志的文件，彻底推倒一切不实之词。我听后很激动，几乎想高呼：可算彻底解决了！而丁玲却很平静，我想她可能早就知道这个消息了。她说："我还没听说，不过历史就是历史，我就是我。"她自言自语慢慢说："我永远不会忘记40多年前我被捕3年后又找到了党，见到了当地负责人冯雪峰时真想大哭一场，雪峰却冷静地对我说：'你怎么看到只是你一个人在那里受罪呢？你应该想到，有许许多多的人在同你一样受罪，整个革命也同你一样在受罪……'"

1984年8月，经中央书记处批准，中共中央组织部颁发了《关于为丁玲同志恢复名誉的通知》。据说当时丁玲正在病中，她只对爱夫陈明说了句"这回我可以瞑目了！"之后，她没有因为卸除了"压力"而发泄哀怨，倒更显示出她的"我是一个共产党员"的本色和气概。她在给辽宁文学界朋友的信函中说："人有过痛苦，要藐视它，痛定思痛……要有乐观的气魄，要有泰山压顶不弯腰的精神！"她在另一文稿中更袒露她的胸怀："我是属于党的……在逆境中，我更要求自己坚决与党站在一起……天长地久，海枯石烂，总是可以绝处逢生、化险为夷，不怕风吹雨打，永远挺立山岭，生命不息，歌唱不止！"

她真的"歌唱不止"。当她毫无"压力"了，该久闻大海波涛、颐养天年时，她却无暇再来海滨休息。她不顾高龄多病，更加精神抖擞，全力操办为改革开放高呼、为青年作家开路的大型杂志《中国》，而且亲自动笔，巨细过问，她的病房竟成为编辑部的会议室。

丁玲同志100周年诞辰座谈会，原文研所同学合影。左起：王景山、赵郁秀、徐刚、玛拉沁夫、邓友梅（后）、张凤珠（前）、安柯钦夫、孙肖平

1985年，她病重，第二次住进北京协和医院。其间，她还不断接待来访的记者。她反复强调，要注意对新生代的扶植，要远望到10年、20年、下个世纪啊！春节前夕，她要求出院。她还告诉《中国》编辑部的人，都带着自己的爱人和孩子到她家一起团团圆圆过大年。第二天，五六个护士来给她静脉穿刺、插管、输液，她忍着疼痛，幽默地笑着说："这多像杀猪宰羊，要过大年啦！"

这就是在"苦海中浸泡，在烈火中锻炼"的被李敦白等国际友人称为"全世界妇女的楷模""最杰出的女作家"的丁玲！正如我看到她在雕像旁的自勉题字：飞蛾扑火，非死不止。我还要以我的余生，展翅翱翔……

1986年2月25日，美国艺术文学院授予丁玲"荣誉院士"称号。

3月4日上午，丁玲未能实现她"还要再写作三四年"的愿望，放下握笔一生的双手，静静闭上了那一直闪着深邃目光的明亮的大大的双眼……

3月15日，在北京八宝山革命公墓礼堂，举行了有习仲勋、乔石、杨尚昆、李鹏、余秋里、胡乔木、王震、康克清等20多位党和国家领导人、近千余群众参加的遗体告别仪式。静卧在鲜花丛中的丁玲遗体覆盖的鲜艳红旗上注有四个大字：

丁玲不死！

萧红知友白朗

　　曾得鲁迅先生关爱和青睐，被文学史家定为"三十年代东北作家群"的十余位作家中，有两位女性作家，被称为"拓荒者"（见《长夜萤火》序言），她们就是鼎鼎有名的萧红和出生于辽宁沈阳的白朗（当年笔名刘莉，原名刘东兰）。白朗随同丈夫罗烽由东北辗转到上海、重庆等地参加抗日救亡活动，1941年到达延安。1942年萧红病逝于香港。白朗撰写《遥祭——纪念知友萧红》一文，刊于延安《文学月报》，编者按语称：白朗是萧红踏上文学之路的最亲近的女友，又是除萧红之外流亡关外的唯一东北女作家。

　　这位"流亡关外的唯一东北女作家"在初识知友萧红的1933年，任中共满洲省委地下组织支持的哈尔滨《国际协报》文艺副刊编辑，时年21岁。到延安后，她担任过《解放日报》副刊编辑。日寇投降后返回东北，1945 年年底担任新创刊的《东北日报》（《辽宁日报》前身）副刊部部长，1946 年年底任《东北文艺》（《鸭绿江》前身）主编。白朗也被称为"东北地区第一位女编辑"。

我第一次读到的白朗的作品，是 1951 年由人民文学出版社出版的中篇小说《为了幸福的明天》。小说根据大连一兵工厂女工赵桂兰舍身保护国家财产的英雄事迹而创作。她以女性作家特有的细腻笔法抒写了一个历经苦难的女孩在五星红旗照耀下成长为新中国工人阶级的先进分子、女英雄的故事。当年东北各地熟悉这位护厂女英雄的大名，有如今天国人熟悉雷锋。《为了幸福的明天》一书再版十四五次，还出了朝鲜文、日文版，共发行 20 余万册。白朗把得到的稿费捐献给国家用于抗美援朝购买飞机大炮，这是紧随演员常香玉捐献"香玉号"飞机之后，又一影响较大的爱国壮举。

当年东北各种报刊对白朗的作品好评如潮，对她的爱国行动更是宣传得家喻户晓。《东北画报》还将白朗出席国际会议的大幅彩色照片刊登在封面上。照片上，白朗身着墨绿色合身旗袍，颈下别着一枚闪闪发光的梅花别针，乌发梳于脑后，微笑着侧视前方，一身东北特色的装束、颇具睿智的文人气质、雍容潇洒的风度，活生生地展现出了新中国知识女性可亲可敬的形象。那时我还只是一个十七八岁的文学小青年，如同今天的"粉丝"一样，特别渴望能有机会见到这位神采不凡的女作家、大人物。

机会来了。朝鲜战

1951 年，白朗（左一）同大连市著名劳模赵桂兰（手持鲜花者）等合影

争爆发后的 1951 年，国际民主妇联组织的"美李（李承晚）暴行调查团"去朝鲜，路经安东，要逗留几日。辽东省有关部门派我去担任随团记者，我借了一件新制服，换下灰旧服装前去报到。我第一眼便认出了白朗。她中上等个头，身着蓝色列宁装，腰系宽带，乌发扣于帽内，如同军人一样威武利落。她热情地同我握手，说欢迎记者来访。当得知我并非报社记者而是在省文联工作时，她又亲切地说："哦，我们是同行，我在东北文联。"我早就知道她是东北文联委员，她的丈夫罗烽是东北文联副主席、东北文化部副部长。这个调查团的团长好像是国际民主妇联主席、法国和平使者、著名物理学家戈登夫人，副团长是苏联妇女领袖，好像叫波波娃。调查团还有英国工党领袖费尔顿夫人及中国妇联副主席刘清扬。刘清扬曾留学法、德两国，是周恩来的入党介绍人之一。刘清扬年龄较大，但身材苗条、清秀，是典型的南方淑女形象。一次会上，她见白朗安排一位黑头发黄皮肤的女代表坐在一位白皮肤黄头发的女士身旁，让她们交谈、握手并亲切拥抱。她热情感慨地说："这是两位敌对国家（越南和法国）的姐妹，现在站在一条战线上共同反对侵略战争，呼吁和平，我们就是要促和平，增友谊，反战争。"

白朗告诉我，这个团的成员来自 10 多个国家，观点不尽相同，邓颖超曾嘱告她要协助刘清扬做些工作。她向我询问了我所见所闻的安东遭轰炸的情况。我告诉她，在 4 月的一次轰炸中，我的住在三马路的同学家里，有两三个人被炸死。我亲眼看到镇江山桥下的铁丝网和鸭绿江岸路边白果树枝上多处挂着被炸死者带着黑发的头皮和血淋淋的手、脚……她一一记下，说要建议调查团在安东多停留几天，要深入调查、拍照。晚饭，她尚未放下筷子，便被刘清扬和波波娃喊去开小会了，很晚了还未回房间。后来听说她们到朝鲜后走了好几个道（省），之后由白朗执笔起草了《告全世界人民书》发至世界各地，揭露了美李的残暴罪行，呼吁停止战争，争取和平谈判。

回国不久，白朗受蔡畅、邓颖超委托参加了国际妇联执委会。1952 年 2 月，白朗又随以巴金为团长的中国作家代表团赴朝鲜进行战地采访，之后又随祖国慰问团赴朝鲜慰问。这年 9 月，周恩来总理指名要白朗陪同费尔顿夫人再度赴朝鲜访问。入冬，白朗以中国妇女代表身份，出席了在奥地利首都维也纳召开的世界人民和平大会，回国时途经苏联及东欧各国参观访问。1953 年五六月，她又随全国妇联领导去哥本哈根出席了世界人民和平大会，会后应芬兰邀请，赴赫尔辛基参加了芬兰国家妇女文化日活动。回国第二天，她又奉命参加了以罗烽为团长的归俘工作团，赴朝鲜开城处理归国战俘工作。随后，她又以记者身份出席了在板门店举行的具有历史意义的停战协定签字仪式。就是这样，白朗马不停蹄地奔走于保卫和平、反对侵略战争的神圣战线上。她被辽宁人民选举为第一届全国人民代表大会代表，在全国妇女代表大会上当选为全国妇联执委，又在全国第一次文代会上当选为全国文联委员、文协理事。她是深受中国人民特别是中国妇女热爱的代表，是具有国际影响力的和平战士和著名的社会活动家、作家。

1956 年，白朗随周扬、茅盾、老舍等出席了在印度新德里召开的亚洲作家代表大会，会后访问了缅甸等国。数年间，白朗六次奔赴朝鲜战场，多次穿行欧亚各国。在奔波过程中，白朗的创作也取得了突出成就。她写出了《对战争的庄严宣判》《金顺、金喜》《向普天下的父母亲控诉》等 20 余篇特写、散文、随笔、通讯，发表于《东北日报》《东北文艺》《青年报》以及《苏联妇女》等报刊。其中，她在朝鲜战场上写的《英雄的时代》入选了庆祝新中国成立 60 周年出版的《辽宁六十年优秀散文选》。

今天，当我重读《英雄的时代》时，那种大气磅礴、带着浓浓火药味的文字，将我带回了半个多世纪前难忘的战斗岁月，那饱含激情展现的无数个黄继光、邱少云式的英雄形象，使我走进了这位女性作家当年的内心世界。白朗说，她是很少流泪的女人，但到了朝鲜战场，则"掘开了眼泪的深泉，感动的泪水，无数次滴落，同英雄烈士们的鲜血流在一起"。在朝鲜战场上，白朗参与抢救过伤病员，经历过"脑子都冻僵了"的风雪严寒，躲避过震耳欲聋的敌机轰炸，亲眼见过冻僵的伤员脱军鞋时连脚一起脱掉，亲耳听到过流着鲜血又披着白雪的勇士们高唱志愿军战歌……她亲历了这感人至深的一幕幕，为我们的民族留下了泪血融汇的讴歌英雄时代的瑰丽诗篇。

1953年夏，白朗参加停战协定签字仪式归来时，我离安东来到北京，进入文研所学习。入秋，第二次全国文代会召开，我和同学们列席会议，同时前去看望东北区代表，得知白朗夫妇已经先后调进中国作协从事专业创作。那时白朗显得更健康、潇洒，她笑着告诉我，以后要力争少参加活动，安安静静地写作了。她说首先要写的是妇联大姐们建议她写的何香凝的传记。但是难度很大，何香凝一口广东话，而她从未去过广东，听不懂粤语。不过她一定会认真完成的，之后还要写以朝鲜战争为题材的长篇小说，还准备将过去

在朝鲜。左起：白朗、英国工党领袖费尔顿夫人、朝鲜妇女代表、苏联妇女代表

写的中篇小说改写为长篇小说。白朗自提笔创作起，便写东北沦陷和抗日救亡题材，早期最有代表性的是 1948 年出版的短篇小说集《伊瓦鲁河畔》，还有《沦陷前后》《轮下》等短篇小说和文章以及中篇小说《老夫妻》《四年间》等。她的作品都充满了爱国主义情怀，反映了东北人民誓死保卫埋葬着祖宗尸骨的家乡土地的不屈抗争，展现了同日本侵略者对抗到底的民族抗争精神。抗战胜利后，她回到东北家乡，立即随同周立波等作家投身到轰轰烈烈的土改运动中，创作出了《牛四的故事》等作品，自称是"向农民学习的结果……是改变创作风格的开端"。这些具有浓郁地域色彩和时代特征的作品，无论将哪一篇、哪一部改写成更具艺术品位的长篇小说，我都会喜欢，一定要先读为快。

想不到的是，1955 年春"反胡风运动"开始，本来学制三年的文研所二期学员提前一年毕业，学员们匆匆离开北京，回各地参加运动了。

"反胡风运动"后期，渐渐"揪"出了一些同胡风有关联的人物，文研所老所长丁玲就是其中之一，还有《文艺报》的领导陈企霞。由"丁玲、陈企霞小宗派"上升为"小集团"，进而又上升为"反党集团"。当时白朗、罗烽以及东北作家舒群等人对此批判有质疑。罗烽曾几次劝说丁玲"忍一忍"。白朗在去北戴河撰写《何香凝传》时偶遇邓颖超，她向邓大姐大略地讲述了作协批丁、陈的情况及她个人对"一本书主义"等的看法。回到北京后，白朗将这些情况如实地向作协党组做了汇报。

1956 年"百花齐放，百家争鸣"时，丁玲等人对受到的批评不服，连连申诉。中宣部也组成了复查组，准备为他们重新定性。不料，1957 年又刮起了反右派风暴，他们的上诉竟成了"翻案"，被称为"向党疯狂进攻的罪行"。白朗及复查组的同志也被牵连，被以"同情'反党集团'"之名义定为右派。同时，对罗烽、白朗还有另外一大罪状，就是 15 年前在延安时，他们及舒群、萧军、艾青五人曾联名写了一篇质疑、探讨周扬于1941年在延安《解放日报》副刊连载的《文学与生活漫谈》的文章，刊发于当时的《文艺月报》。当年，周扬同志对此无任何反应。毛主席对这几位文化人一直很尊重，1942年准备召开文艺座谈会前，毛主席还亲笔写信，一一征求他们的意见。

万没想到，15年后，他们当年在延安同周扬对文学创作商榷的文章竟成为"反周扬"之举，批判者说："周扬的文章是发表在党刊《解放日报》上的，反周扬就是反党、反延安。"

罗烽、白朗被戴上了右派帽子，又牵连到东北老战友、曾任东北文联副主席的舒群，他们三人被定性为"舒群、罗烽、白朗反党小集团"。

人民文学出版社原总编辑韦君宜同志在她的《思痛录》中有这样一段话："我记得那次开全体大会，宣判罗烽、白朗为右派的决定，那声音刚脆、森冷、瘆人，简直使人觉得那声音本身就有杀伤力。每一句话就是一把刀，真怕人！"

1958年夏，白朗、罗烽被下放到辽宁阜新矿区劳动，夫妻二人常常默默无语相对，艰难度日。白朗经常含泪默吟罗烽的诗句：游魂离魂子 / 胡不归去吟 / 欲归归无处 / 还怜未归人。但是，他们却仍按着一个共产党员的要求到最艰苦的地方劳动，同时不断地抹着热泪向组织写思想汇报，认真地按月保存着该交的党费……

1961年，经中共辽宁省委批准，罗烽和白朗的右派帽子被摘掉。1962年，在党中央的"七千人大会"之后，又迎来了文艺界可以畅所欲言、百花齐放的和煦春风。8月，我参加了中国作协在大连召开的农村题材小说创作座谈会，会后借机去看望了由阜新迁居大连金县的白朗、罗烽，传达了各位文学前辈对他们的关怀，并向他们约稿。不久，白朗寄给我一篇短篇小说《少织了一朵大红花》，我读罢，不由得自语："啊，宝刀未老！"特别是洁白稿纸上那工整的钢笔小楷，字字秀气，行行清晰。目睹这样干净、秀丽的字迹，如同拜读名人书法，真的是艺术享受。我虽然早已仰慕白朗，读过她的多部作品，却是第一次见到她的手稿。据说在哈尔滨时，白朗经常为地下党搞宣传，刻蜡版，练就了此硬功夫。

白朗的《少织了一朵大红花》于1962年10月同茅盾、老舍以及赵树理的稿件集中刊发于《鸭绿江》的首期。1964年第6期《鸭绿江》又刊发了白朗的小说《温泉》（同时还刊发了罗烽的报告文学等）。之后她还连续写出了《在起跑线上》《管得宽小传》等报告文学作品。1966年第3期《鸭绿江》重点刊发了白朗的报告文学《纽带》。《纽带》写的是大连斯大林饭店的全国劳模鲍静芝的事迹。白朗写得很顺手，散文笔法，语言流畅。我们很希望她以这种平实细腻的女性书写笔锋将大连的先进人物一个一个地写下去，读者很欢迎，我们也热切期待着。遗憾的是，神算也算不出疾速的风云变幻，更瘆人的"文革"风暴刮起了，《鸭绿江》月刊停刊了，我们再也见不到白朗那字斟句酌、笔锋清晰刚劲的蝇头小楷了。

以后，白朗、罗烽被从金县调回沈阳参加运动。一天，突然有一伙红卫兵闯进省作协办公楼，声称他们是大连铁道学院"红联军"的抓叛徒集团，他们学院院长胡起是1934年与罗烽同时被日本宪兵抓捕的，他们要揪罗烽去大连交代罪行。

罗烽被带走后，白朗心神不定，长吁短叹，在日记本上写下这样的话："真所谓天有不测风云，人有旦夕祸福，奈何？人的一生能有多少精力去应付这么多的不幸啊！我感到无力支持了。毛主席啊，给我力量吧！"当时，省作协的很多人都不了解罗烽被日本宪兵抓捕的细节，于是找白朗让她交代，开始时只听不审。有时我这个靠边站的人也旁听，因为我曾主编《革命回忆录》专栏，对现代历史情况较熟。那时坐在木椅上的白朗一边两手不断地揉搓着绣有"珍重"两字的手绢，一边慢慢诉说。她说这手绢是当年她送给狱中罗烽的，他们一直保存着。就是在她的这种深情鼓励下，罗烽在敌人严刑拷打之下始终没有承认自己是共产党员，只说自己是铁路工人，没向敌人提供任何材料。根据白朗交出的有关资料及她所写的交代材料，我们较详细地了解了她同罗烽的往事。

　　白朗，原名刘东兰，1912年出生于沈阳小西关。罗烽，原名傅乃琦，1909年出生于沈阳苏家屯。两人是姨表兄妹。白朗家为大户富宅，罗烽家是小门贫户，但从小受到过书礼之熏陶。白朗常随长自己三岁的表兄到北陵等地游玩。长得帅气、读过私塾的罗烽性格内向，不善言谈，却常常能背诵《诗经》和唐宋诗词，或见景生情为表妹讲述当地的传说和历史故事，很得开朗、活泼的表妹欣赏、崇拜。之后，为闯生活，两家相继迁移北满，白朗进入师范学校读书，罗烽在中东铁路做工。经两家老人拍定，他们在哈尔滨结婚。婚后，罗烽常常深夜不归，白朗问他，他只说工作忙。渐渐地，白朗有了疑心，几经盘问，罗烽方才交代出实情。

　　1929年年初，青年罗烽考入呼海铁路传习所学习，那里有共产党地下组织，罗烽被介绍秘密加入了中国共产党。之后，他由呼海铁路分党组书记调任满洲省委哈尔滨东区宣传委员，西区宣传委员

1933年秋，白朗（左）与关大为（中）、萧红（右）在哈尔滨的合影

为著名诗人、画家金剑啸（后英勇就义），他们同受市委书记杨靖宇直接领导。杨靖宇能武能文，重视宣传工作，要求他们广泛组织群众、宣传群众，积极开展抗日救亡活动。

白朗得知丈夫的实情后既担心又敬佩，表示愿意帮他抄抄写写，特别是刻蜡版。九一八事变后，白朗加入了党的外围组织"反日同盟"。这对青梅竹马的情侣，成为志同道合的抗日战友、革命同志。反日同盟创办了油印《民众报》，社址就在白朗家，她全权负责抄写、排版、刻印，让自己工整的字字小楷成为射向敌人的颗颗子弹，成为抗日的有力武器。

1933年，在地下党组织安排下，白朗考取了哈尔滨市国际协报社副刊编辑，主编《儿童》《妇女》等《文艺》周刊栏目，后又合一单出《文艺》周刊。在罗烽、金剑啸帮助下，通过这块阵地，白朗结识了地下党员舒群，还有艰难度日的萧红、萧军等一批反满抗日的文学青年。他们不断变换笔名，发表唤起人们觉醒的抗日作品。白朗读到萧红刊发于《国际协报》的处女作《王阿嫂的死》后很是感动，对长她一岁的萧红姐姐的苦难经历深表同情，对萧红显示出的美术和文学才华又极为敬佩。她不仅要编好稿，还想学着像萧红那样写出反映穷人苦难的小说。她试写了小说《叛逆的儿子》，不仅揭露了地主对穷人的压榨，还塑造了因同情而赈济穷人却遭到父亲毒打，一怒之下走向叛逆道路的地主儿子人道、正义的形象。小说以刘莉为笔名，发表于地下党支持的报刊《夜哨》上。从此，白朗同萧红一样笔不停歇，创作出很多作品，而且也显现出鲁迅评价萧红作品"对于生的坚强，对于死的挣扎"那样的力度。如短篇小说《生与死》《轮下》《沦陷前后》等，淋漓尽致地写出了北方人抗击日寇、不惜牺牲、气壮山河的气概，兹因她与萧红同喝松花江水、同迎北国风雪，感同身受。

为了帮助解决萧红的生活困难，白朗以国际协报社聘记者之名，变相为"二萧"每月发50元工资。同时，她们还携手参加了由地下党组织的星星剧团。这两位初展头角的女作家，又成为舞台上的女名角。她们还经常和其他进步人士一起到一位画家的被称为"牵牛房"（因屋墙上爬满牵牛花而得名）的住所聚会，写、演、画、讲，十分活跃。此时已经到抗联游击队的杨靖宇还嘱告来哈尔滨工作的同志，索要他们所编的报纸、漫画、诗歌，为抗联战士提供精神食粮、抗日武器。

当他们的反满抗日活动搞得蒸蒸日上时，敌人也加紧了破坏和镇压。1934 年 4 月，中共满洲省委被破坏，地下党首先安排党外人士萧红、萧军转移。6 月的一天，白朗买了一瓶酒和一包酸黄瓜以及黑列巴（俄式面包）、花生米等，在他们常活动的牵牛房为"二萧"送行。白朗高举预祝幸福之杯，同萧红干杯，之后拥抱告别，望抗日战场再相会。

不久，罗烽以共产党嫌疑被捕，白朗四处奔波营救，同时也以"军中小卒"精神坚持编辑《文艺》周刊，直到 1935 年 3 月 15 日被勒令停刊。她在《结束了〈文艺〉周刊》一文中深情感谢"诸多作家对《文艺》的支持，……而我呢，不过是军中小卒"。她说服刘家变卖了金银珠宝等贵重首饰，层层买通了日本警官，又请了中方和日方保人，同时借助罗烽铁路工友的帮助，终于于 1935 年 7 月将罗烽营救出狱。罗烽和白朗连夜化装乘车离开哈尔滨，先到沈阳祭祖，又由大连乘船直奔上海，同早于他们奔赴江南的舒群、"二萧"相会。

在上海，他乡遇故知，白朗又可以同她常常思念的知友萧红"促膝密谈"了。她们虽然都曾住过火柴盒似的亭子间，度过啃面包、喝白水的苦日子，但促膝相谈时却充满了欢笑；她们念念不忘家乡的白雪、温暖的热炕、松花江上的月光和星火；她们曾同去过俄国餐厅，吃二角五分一份的最便宜的俄式大餐，并满意地哼唱俄罗斯民歌；她们更热心交谈的是怎样得到鲁迅和许广平的关爱，鲁迅的公子海婴怎样常常扯着萧红姑姑的辫子顽皮游戏。1934 年年底，鲁迅第一次约请"二萧"去梁园豫餐馆吃饭，萧红惊喜得特地去买了一块黑白格布，亲手为萧军赶制了一件"礼服"，还拍了一张纪念照。1935年，鲁迅先生拿出自己的稿费帮助"二萧"出版了《八月的乡村》《生死场》（"奴隶丛书"），鲁迅为《生死场》作序。"二萧"由此一举成名。书再版后，"二萧"有了名声，有了稿费，改善了居住条件，宴请为《生死场》写"读后记"的胡风及夫人梅志。

白朗佩服萧红心灵手巧、智慧超长，能在忙于家务又经常头痛、胃痛的情况下，挤出一切时间专心写作，并大有成就。她也要像萧红那样，在为生活奔波中坚持写作，像萧红那样写自己经历的生活。她开始动笔，决定以罗烽被捕前后特别是在狱中坚持斗争以及营救罗烽的曲折经历为题材写一部中篇小说，题为《狱外记》。小说中以白朗和罗烽为原型的两个主人公用了谐音化名，而凶狠残暴又被层层收买的日本警官则用了青柳、小林等真实姓名。这篇小说从上海写到延安，在《谷雨》等杂志发表了三四章，全文共32章。之后，小说被编入《长夜萤火》集，后又被春风文艺出版社编入《白朗文集》出版。

八一三淞沪会战后的上海不断遭日寇轰炸侵扰，他们不得不随着抗日救亡的文化大军转移，奔波于武汉、长沙、桂林、贵州等省市，最后到达重庆。在重庆，萧红曾一度住在江津地区的白朗家里，而她肚子里还怀着萧军的孩子，整日忧郁叹息，孤独寂寞。白朗像姐姐一样对她热心关照，亲自送她住院分娩，妥当安排一切。不幸的是，婴儿出生不久就夭折了。两个月后，在嘉陵江边，白朗和萧红依依告别，望着滚滚嘉陵江水，姐妹二人不约而同怀念起松花江畔的日日夜夜，想起了那江上的白帆、奔流的木排、悦耳的号子和闪闪的渔火，想起了那呼啸的寒风、洁白的雪、干硬的黑列巴、廉价的酸黄瓜……她们低声唱着端木蕻良的《嘉陵江上》：如今我徘徊在嘉陵江上，我仿佛闻到故乡泥土的芳香。她们默吟着罗烽的诗句：乱

风冻云雪打楼 / 寒江一夜筑冰洲 / 每忆壮岁凛冽地 / 冷在肌肤暖心头。她们渴望再相会于松花江上，真正闻到故土的芳香。当萧红登上甲板，再一次告别拥抱时，她喃喃地说："莉，我愿你永远幸福！"白朗随即回言："我也愿你永远幸福！"萧红苦笑一声："我会幸福吗？莉，我可能要孤寂忧患终生……"

这句话深深刺进白朗的心窝，也常常在她耳边回响，万未料到相处 10 年之久的知友萧红，真的早早"终生"了。这次嘉陵江边的道别竟然成了永别。白朗一直保存着萧红由香港寄给她的信函。那是饱含思念之情的倾诉："莉，我的心情永久是如此的抑郁，这里的一切景物都是多么恬静和幽美，有山，有树，有漫山遍野的鲜花和婉转的鸟语……这一切，不都正是我往日所梦想的写作的佳境吗？然而啊，如今我却只是感到寂寞……常常使我想到你，莉！"

白朗含泪写下回忆萧红的文章《遥祭——纪念知友萧红》，文中极敬佩"她有着超人的才气，我尤其敬爱她那既温柔又爽朗的性格……她的真挚的、爱人的热情没有得到真挚的答报……"

白朗早已把萧红的抗战意志担到自己肩上，积极参加了周恩来亲自创立的文协的活动。1939 年，在重庆，文协组织战地访问团，她踊跃报名，从出发的 6 月中旬起，便提笔写战地日记。日记开篇第一句话便是："最难割舍的是母子之情。到前方去……我下了决心，我用强硬手段

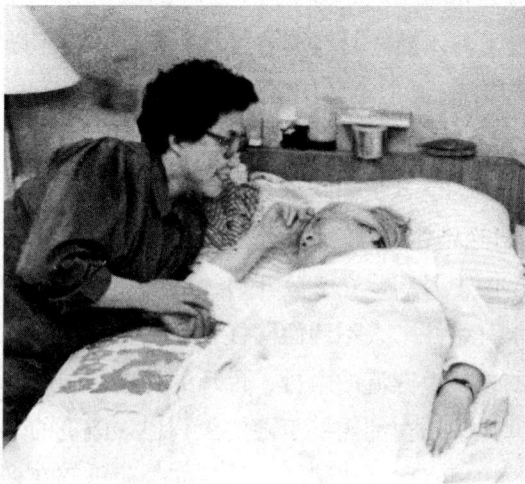

赵郁秀于北京看望病中的白朗

给新生的孩子断了奶。"从此"我像冲出樊笼的小鸟，开始无条理地记日记，无论怎么忙和疲倦，我也要完成每一天的工作"。她以"军中小卒"精神，同访问团的诸多男作家一样，渡江过河、爬山越岭、策马赶路，从四川到中原，过黄河到太行，经中条山到晋冀前线，访问了无数抗战英雄和支前模范。她坚持记录了三个月来日日夜夜的不凡经历，厚厚几万字的《战地日记》后来编入了《白朗文集》第二卷。白朗的作品很多是以自身经历、以一位曾有三个孩子夭折的母亲的深情、以一位积极参与抗日救亡活动的女战士的感受，塑造了丰富多彩的女性形象。她同萧红一起被称为东北女作家中的"拓荒者"，也是东北女性文学的拓荒者。

皖南事变后，经周恩来同志安排，罗烽和白朗由重庆撤至延安，白朗又开始了编辑生涯，发表了无数抗日战地散文。在延安整风的"抢救运动"中，她同罗烽都接受过多次审查，停笔几年。最终经陈云同志亲批，罗烽被承认为1929年入党的中共党员，恢复了组织关系。白朗于1945年抗战胜利前夕入党。他们随着胜利大军返回东北大地，实现了打回老家的梦想。他们双双着手开展东北地区的文化事业，开始了他们一生最辉煌的黄金时代。

法国作家罗曼·罗兰说过："人生是艰苦的。对不甘于平庸凡俗的人那是一场无日无夜的斗争。"

鲁迅先生也说过："战士的日常生活，是并不全部可歌可泣的，然而又无不和可歌可泣相关联，这才是实际上的战士。"

自称"军中小卒"的白朗，经历了辉煌的黄金时代，也苦度了20多年的坎坷、苦难。党的十一届三中全会前后，白朗、罗烽、舒群得以彻底平反，他们相继迁回北京，住进了木樨地敞亮的部长楼。但白朗的身体越来越差了，参加全国第四次文代会，她不得不坐着轮椅进入人民大会堂。她坚持为春风文艺出版社校阅了六卷本《白朗文集》（同时出版了《罗烽文集》），也为辽宁、东北乃至全国文学史留下了珍贵的笔墨。

1990 年，当得知白朗一直行动不便又长期卧床时，我同省作协的同志前去看望。我趴在白朗床头同她紧紧握手，问她是否记得我是谁。她微微笑着说："你不就是赵郁秀嘛，我在《文艺报》上看到过评介你新出版的书，叫……叫《为了明天》。"话音一落，我们几个人都惊喜地笑着说："白朗同志，您的头脑还这么清楚，记忆力还这么好，您一定会康复，会拿起笔来写作！"

白朗摇了摇头，现出甜甜微笑。

20 多年过去了，我还保存着辽宁首位抗战女作家白朗同志的讣告，大幅照片，清晰黑字：中国共产党优秀党员、忠诚的共产主义战士、著名女作家白朗同志……于 1994 年 2 月 7 日 10 时 30 分在北京逝世……

这讣告，我将保存到永远。

没有祖国的孩子，没有党籍的党员

——思念满族老作家舒群

> 舒群是一位视写作如生命，毕生追求崇高精神生活的
> 作家。
>
> ——中国作协主席铁凝在
> "舒群百年诞辰纪念座谈会"上的讲话

　　得知中国作家协会与中国现代文学馆将于 9 月 20 日在北京现代文学馆举办"舒群百年诞辰纪念座谈会"，我立即想到去年由日本东京寄来的《虹的图书室》杂志。这是于 1995 年创刊的主要译介中国当代儿童文学佳作的儿童文学期刊，而这一期（第 9 卷）却以头版头题译介了满族老作家舒群于 20 世纪 30 年代写的小说《没有祖

国的孩子》。当时，有位青年作者问我："舒群也是儿童文学作家吗？"
这使我想到《舒群文集》序言中最后一段话："真为贵……当今之世，
大致如此，在生时，作品多以作家的命运为命运；而死后若干年，
作家却以作品的命运为命运，或各有各的命运。后人铁面，历史无私。"

此序言曾于 1982 年 2 月 4 日《人民日报》刊发，是舒群"飙口
浪头，随波流逝五十个写作年头"的切肤体验、精神箴言。每当我
见有人引用时，便会想到舒群那一生"真为贵"的黑铁塔似的威严
的东北长者形象。

我第一次听说"真为贵"的"舒群"这个名字，就是读《没有
祖国的孩子》。那是辽沈战役后东北全境解放的日子，偶然得到这
本书，其题目便吸引了我，因为我出生在九一八事变后，是个彻头
彻尾的"没有祖国的孩子"。翻读第一页便被吸引，主人公是个朝
鲜男孩，而我生长在同朝鲜隔江相望的安东，对朝鲜邻居很是熟悉。
我一口气读了下去。

《没有祖国的孩子》以一个父亲被日寇杀害只身逃到中国的朝
鲜孩子果里为主人公，通过朝、中、苏三个国家孩子的友谊和交往，
生动、形象地阐明"祖国"的深刻内涵和意义。苏联孩子果里沙，
因为身后有十月革命后的苏联这个强大祖国，无忧虑，极活泼，开
始，他瞧不起沉闷寡言的朝鲜孩子。而果里由朝鲜逃到中国为的是
不再过妈妈所说的"猪的生活"。孰料九一八事变爆发，日寇铁蹄
蹂躏东北，朝鲜男孩果里不甘心，不屈服，在被迫去为日寇当劳工、
受尽折磨时，他竟用一把切面包的尖刀刺进一个魔鬼的胸腔。这不
仅反映了朝鲜人民的硬骨头性格，也展现出东北人民、一切被压迫
民族不屈从奴役的反抗精神。果里的经历使作者"我"这个中国孩
子也深切认识到了祖国的力量，深记苏联女教师的话："将来要在
你们的国土上插起你们祖国的旗，这是你们的责任。"

当年，左翼作家周立波在《1936 年小说创作回顾》一文中评说道：
"《没有祖国的孩子》……艺术的成就上和反映时代的深度和阔度

上都逾越了我们的文学的一般水准。"鲁迅先生在《且介亭杂文末编》的附集《半夏小集》中也提到，《没有祖国的孩子》"用笔和舌将沦为异族的奴隶之苦告诉大家，自然是不错的"。

当年，我读过《没有祖国的孩子》及其评价后，便想象着这位曾是没有祖国的孩子，为要在祖国的土地上"插上祖国的旗"的神圣事业而奉献过青春和力量的作家是什么样的人。不久，东北文联于沈阳成立。我们第一次到沈阳开会，方知舒群被选为东北文联副主席。也了解到，在日寇投降后，党中央组织了一个以延安鲁迅艺术学院的几十人为主的挺进东北文艺工作团，其中有于兰、陈强、刘职、华君武等诸多文化名人，舒群为团长。他们徒步跋涉、艰难辗转，过黄河，越长城，从南满到北满。舒群担任过东北局宣传部文委副书记，还同袁牧之、陈波儿等同志接收了"株式会社满洲映画协会"，成立了东北电影制片厂（中国共产党建立的第一个电影厂），舒群任首任厂长。很快拍出了《民族东北》上下集新闻纪录片，这是中国共产党拍出的第一部电影。他们在接收日伪文化机构、开辟东北革命文艺工作方面做了极大贡献。到达哈尔滨后，舒群被任命为东北局宣传部文委副书记、文协副主席，到沈阳后又被选为东北文联副主席。

1950 年，我到雷加任厂长的安东造纸厂去帮助搞工人文化夜校。一天，雷加厂长喊我这个"小老乡"到他家去吃炒馇子（丹东的"土饭"）。我进屋见桌前坐着一位年龄同雷加相仿、身材同雷加相似的高大、魁梧的男人，两眼也黑亮有神，只是国字方脸有些黝黑。雷加介绍说："这是你崇拜的作家舒群。"哦！我想象中的作家舒群，在号称"东方

舒群和夫人夏青

莫斯科"的哈尔滨长大，懂俄语，一定有点儿洋气。可眼前的舒群却穿着工人一样的蓝布工服，好像挂马掌的打铁匠。从他们的谈话中，我知道了他出生在阿城小镇，家住的是小土平房。他说那时他在小土炕上能打滚翻跟头，去年回阿城老家，躺在炕上连腿都伸不开了。他家是满族镶黄旗，原在山东青州驻防。辛亥革命后，他的祖父带领一家逃到东北旗人老家。他们吃不到朝廷俸禄，父亲便干了瓦工。舒群出生在东北，读中学时因交不起学费而退学，当了学徒。也就在那时，他结识了在中东铁路苏联职工子弟学校就读的朝鲜少年果里（《没有祖国的孩子》中果里的原型），从而随果里入该校读书。热情的苏联女教师在课堂内外使他们知道了苏联的十月革命，知道了列宁、高尔基、托尔斯泰……后来，舒群又考进免费的商船学校。这里的数学老师冯仲云是地下党的头头，同学中也有地下党员。1932年，18岁的舒群便被介绍到第三国际做情报工作，后又加入了中国共产党。

两位作家边吃边谈，我侧耳细听。他们从东北家乡谈到流亡关内，谈到抗战胜利回东北，沐风栉雨，砥砺前行。我听得入迷，感到很传奇。舒群曾拍着雷加的肩头说："我家穷，不幸，没能像你留学日本，也有幸，早早结识了布尔什维克。"当时我觉得这两位前辈都很有幸，到过延安，见过毛主席，打败了日本鬼子，回到了家乡。他们在我眼里比他们高大的身材还高大，多值得崇敬啊！半月后，我在《东北日报》上看到舒群写造纸厂的一篇报告文学，如同当时流行的《咱们工人有力量》这首歌一样，感情激越豪放，语言铿锵有力，我们读着读着不由得高声朗读，颇有感染力。他笔下所描述的事件、场景，我都熟悉，但是我怎么苦思苦想也想不到能这样大气磅礴地描述、展现出来。舒群不仅是妙笔生花塑造出朝鲜孩子果里、苏联女教师等典型人物的小说能手，也是写报告文学的大家。雷加告诉我，舒群到延安前，曾去山西前线任过随军记者，还为朱总司令当过几个月的秘书，历经战火的洗礼，写过无数篇战地随笔，如《写在太线上》

《记史沫特莱》等，据说，还写过《台儿庄》等抗战话剧，他还任过延安《解放日报》文艺副刊的副主编，兼任过鲁迅艺术学院文学系的教师呢。

不久，抗美援朝炮声打响，舒群又以战地记者身份奔赴朝鲜前线。他路过安东时，辽东省文联还邀请他开过座谈会。这时，他已穿上崭新的黄军装，英姿勃勃，是威武的军人，也是颇具学养和风度的战地记者。那天，他同我们侃侃而谈的是毛主席在延安文艺座谈会上的讲话。这是我第一次看见亲历过延安文艺座谈会，亲自听过毛主席大会、小会及个别谈话的人。我觉得他不仅是高大，而且是太伟大、太幸运了！我们热切期望读到他从朝鲜发来的战地新闻和文学作品。转年，听说他回国治病，随后被调到中国作协任秘书长。

1953年，我考入文研所学习，曾和李赤等一些东北同学应邀去过舒群家拜访。得知他在朝鲜一直跟随三十九军——一六王牌师转战。一一六王牌师师长名叫汪洋，是一位具有大学文化能文能武的名将，在第一、第三战役中都打得非常漂亮。舒群准备以此人为原型写一长篇小说，暂定名为"第三战役"。我在安东时就听说过三十九军及汪洋师长的战绩，对舒群拟写的长篇小说抱有很大兴趣和希望，愿先睹为快。谁知天有不测风云，"革命不是请客吃饭"，1955年开始了"反胡风运动"，之后，又大批"丁玲、陈企霞反党集团"，还牵连到东北作家舒群和罗烽、白朗夫妇，称他们"同'丁玲、陈企霞反党集团'有结合"。因他们为丁、陈打抱过不平。20世纪30年代，他们在上海还同丁玲、冯雪峰有密切联系。在延安，他们还和萧军、艾青联名写过一篇质疑周扬在《解放日报》副刊连载的《文学与生活漫谈》的文章。那时有人称舒群、罗烽、萧军为"东北三剑客"（文学史家称他们及萧红为"三十年代东北作家群"的主力）。后来，又听说舒群没啥问题，被下放到鞍钢深入生活去了。

1958年1月，《收获》杂志刊发了舒群写鞍钢的长篇小说《这一代人》。我们读后，都觉得可以同当年轰动全国的《青春之歌》

相媲美。因为《这一代人》的主人公，是与林道静不同时期的女知识分子典型，形象鲜明，艺术完美，有独特风格。舒群到鞍钢后，曾任过鞍钢大型轧钢厂的党委副书记，同工人、技术人员都相处得很熟。1955年，我由文研所毕业到东北作协工作后，也多次到过鞍钢，那里技术人员很多，有从南方招聘来的，还有刚从苏联回国的学有专长的革命后代，如蔡和森的儿子蔡博为炼铁厂副厂长，赵世炎的儿子赵施格为无缝钢管厂副厂长，他们又红又专，都干得很出色。舒群以又红又专的知识分子为典型，反映祖国钢铁工业开拓、发展的火红年代是很有现实意义和典型意义的。

在鞍山，我多次听草明介绍过，舒群看似很严肃，常板着面孔，瞪着亮亮眼睛，可他心里却似火一样热情，讲义气，重友情，常舍己为人。当年在哈尔滨，洪水中营救萧红，也有他一份。后来，他将自己做情报工作的活动经费省下来，本来要送给在洪灾后讨饭的母亲，可是，他却慷慨解囊全部资助"二萧"出版第一部小说、散文合集《跋涉》。此间，他相识的一位地下党员从磐石抗日游击队来到哈尔滨，交给舒群一个记满了游击队活动的素材本子，建议他写小说，舒群却将此人介绍给"二萧"，并陪同他们彻夜相谈。此举很得时任哈尔滨地下党市委书记杨靖宇的支持。随后"二萧"以抗日游击队为素材分别写出了《八月的乡村》和《生死场》。舒群常说"仁者爱人"，"人有德于我，不可忘。我有德于人，不可不忘"。

1936年，"东北三剑客"在上海。
左起：舒群、罗烽、萧军

他不忘，在青岛狱中，是同狱的地下党青岛市委书记不断鼓励他写出《没有祖国的孩子》的；他不忘，出狱后，他住在亭子间的邻居白薇（左翼作家），将他的书稿推荐给"左联"出版，并为他取了笔名——舒群，从此，他加入了上海"左联"，并恢复了党组织关系；他不忘，他同丁玲共同主编《战地》杂志时，丁玲是怎样热情地帮助他，以后，他以记者身份到达丁玲领导的西战团采访。

舒群更以火一样的热情拥抱生活。长篇小说《这一代人》就是以这样的激情反映出了祖国工业建设轰轰烈烈、气壮山河的场景，塑造了有血有肉的感人形象，展现了富有艺术魅力的独特的文体风格。在我们等待《这一代人》出版后购买时，得知出版社已付给舒群稿费，但不许出版了。

这时，我不知道舒群究竟是有幸还是不幸，是否将有什么灾难降临。后又得知他从北京调到了辽宁本溪市合金厂任副厂长，主要帮助该厂编写厂史。辽宁作协派我到本溪看望他，同时也与其商谈他们的厂史可否先在我们杂志上发表、连载。我到本溪先找到合金厂，见到一位苏姓厂长。他告诉我，舒群在北京经过一场批判，没有定性。现在他们都在申诉，所以一切待遇不变。他来到合金厂后，为工厂研制新产品出谋划策、日夜兼程，多次带苏厂长到北京去找他熟悉的冶金部领导，争得部里支持，打开了新产品的销路。很快，厂子扭亏为盈，由一个小小的地方企业一跃成为全国先进企业，舒群立下了汗马功劳。

苏厂长带我到达一所日式洋房，这里是舒群的家。舒群还是那样热情又严肃，话语不多。他明确表示厂史没有写完，也未经厂党委最后审阅，不能先发表。我有些尴尬。这时，他的夫人夏青带着两个男孩子满面欢笑地进屋，好似一股春风吹散了宁静的空气。我知道夏青原是东北有名的青年评剧演员，出身评剧世家，原名小葡萄红。到北京后，她和小白玉霜、新凤霞、赵丽蓉等名角一起挂头牌，还入了党。当年我看过她的演出，她的扮相、唱腔、表演都令人叫绝。此时，她完全没有了名演员的风度，齐耳短发，面孔黑红，一身劳动服。她进屋后，忙着烧水倒茶，又招呼着踢皮球、欢跳乱跑的儿子，还热情地告诉我她在牛心台矿工会工作，整天和工人、家属打

毛主席给舒群的亲笔信

交道，很开心。我看她那泼辣派头，真比矿工家属还家属，活像农村老大嫂。夏青的到来及儿子的顽皮、蹦跳，引得苏厂长和舒群不禁嘿嘿发笑，我们的谈话也活跃起来。我们又谈到了丹东、朝鲜、鞍山，以及他不忘怀的延安。舒群从一个皮夹子里拿出在延安时毛主席给他写的信件，我轻轻接过细看，是一封用铅笔书写在泛黄宣纸上的信函，字迹龙飞凤舞，超出信纸的红格。大意是：舒群同志，前日我们所谈的关于文艺诸多方针问题，请代我收集反面意见。落款为：毛泽东，四月十三日。另一封是用粉连纸蜡版刻印的请帖，大意是：舒群同志，兹定于××月××日在延安杨家岭礼堂举行文艺座谈会，敬请光临！落款是：毛泽东、凯丰。信封上写的是"送解放日报舒群同志启"。我看后，觉得极为珍贵，当即提出可否在《文艺红旗》杂志发表，舒群表示同意。转年初，舒群亲自来到我们杂志社，告知我们他坚决不同意发表了。我们大失所望。以后，我看到《人民文学》（1962 年 9 月）刊发了舒群的小说《厂史以外》，很新颖，准备再去本溪向舒群约稿并再议刊发毛主席信件事宜。尚未前行，便听本溪市一位青年作者给我讲了这样一个事情：

年初的一天，厂党委书记（青年作者的叔叔）准备了一桌丰盛晚餐，请舒群来家吃饭。舒群历来是严格遵守时间的，他按时到达，看到满桌饭菜后，直问："张书记，今天你怎么准备得这么丰盛？请我来不单是为喝酒吧？有话直说。"张书记笑说："你喝酒是海量，多备点儿菜，咱好边喝边唠嘛！"舒群瞪大双眼说："我的眼睛告诉我，你有话，唬不了我。你不说，我不喝！"

张书记很了解舒群，正义、耿直、豪爽，又机敏，沉思一下说："我们早就接到了市里转来的中宣部和中国作协党组的文件，不忍心拿出来，考虑再三，你是老党员、老布尔什维克，想你能沉住气——"

舒群忙打断他的话："快说，快说，我经历了延安整风运动、抢救运动，1955年'反胡风运动'……"

张书记接着他的话语慢慢说明："批判'丁玲、陈企霞反党集团'时，批了'舒群、罗烽、白朗反党集团'，以后，你们相继申诉，上级还发了通知，否定了'小集团'。可是反右派后期，有人又提出，申诉就是翻案。丁玲、艾青、冯雪峰、陈企霞、罗烽、白朗等，都被划为右派。对你，查不出一句右派言行，被定为——"舒群大声追问："定为什么？"张书记沉思一下郑重回答："我现在代表厂党委正式向你传达吧，文件上定为'反党分子'，开除党籍……"

舒群瞪圆火辣辣两眼，抓起酒杯一饮而尽，接着一杯又一杯自斟自饮，额头的汗珠汇同眼泪唰唰而下，张书记两手拦挡，并说："舒群同志，你可以按月把党费留起来，将来一定会有人收的。"舒群大声说："党费我一定要交，要交！"说着又连连喝下八九杯，扑通趴到桌上，如雷鸣般号啕大哭起来……

我听到这里，两眼止不住泪水。这位老布尔什维克，如此命运，有幸，还是不幸？

据说，他真的按时交着党费，放在一个小匣里，同时按时上班，和青年作者们默默编写着厂史。这位曾失去祖国的孩子，为了祖国的独立和解放，迎风斩浪，忘我奋斗，如今已失去党籍，但仍按党性要求认真为工人阶级的事业一丝不苟，默默奉献。不久，我看到《文艺报》刊发《资产阶级阴暗心理的自我暴露》一文，对舒群的《厂史以外》开展批判。当年的佳作成为"反党"作品，是有幸还是不幸？

"文革"风暴起，舒群全家被撵出那所日式洋房，挨斗挨打，之后，全家被下放到偏远山区劳动改造。

斗转星移，改天换日，"四人帮"被粉碎。1979年，我到北京全国妇联送我写的《党的好女儿张志新》一稿。听说我们杂志的编辑室原主任戈扬被调回北京，住在全国妇联附近的东四和平宾馆，我带领已考取北京大学的小女儿去看望她。戈扬告诉我，舒群同志已从东北调来，也住这里（1978年12月得以彻底平反）。我们正准备前去看望时，舒群同志迎门进来了。他那挺直的高大身躯有点儿弯曲了，两眼的鱼尾纹加深了，但眼光还那样炯炯有神。戈扬看他眼中有点儿血丝，问他："是不是夜里又爬格子了？还写毛泽东的故事？"他说："心中有话，说不尽吧！"

我想到前不久《鸭绿江》杂志刊发了他的《延安童话——毛泽东故事之十》，是他述不尽的话语吧。我说："舒群同志，你写写回忆录多好啊！"他说："回忆录等以后再写吧。我觉得回忆录不是文学创作，趁现在精力还行，我还是要搞文学。耽搁了多少年哪！

1988年，30年代东北作家相聚北京。左起：画家张汀，名导演塞克，作家舒群、萧军、骆宾基

不过痛苦使人思索，思索使人明智。"他长叹一声又说："写领袖，不是好下笔的，但，这么多年我就是放不下。自打到延安，在凤凰山下见到毛主席，以后不断有密切交往，切实感受到毛主席的人格魅力，他确确实实是一位能力挽狂澜、扭转乾坤的伟人！中国革命的胜利，毛主席功不可没。我一直想用文学形式把我亲眼所见、亲耳所闻的领袖普通人的本色、风采真实地展现出来，这是历史给我的幸运、给我的使命。我不幸也有幸啊！"

我心中一阵激荡，这位老党员经历了酸甜苦辣漫长的不幸，现在还深深记得这是有幸。以后，我读到《毛泽东故事》甚为感动。再读序言，"从阅历访查、创作重写、发表出版迄今，近半个世纪，以我半生部分年华，可谓久也"。这就是一位曾失去党籍的老共产党员的"真为贵"的真情实感，一位坦坦荡荡的满族作家，一位光明磊落的老布尔什维克！

那天，当我同戈扬同志谈过辽宁作协的一些情况后准备告别时，回头发现坐在另一角落的小女儿不见了。戈扬说，可能让舒群领走了。舒群不同于戈扬，他和我的小女儿素不相识，领走她为哪般？等了一会儿，舒群同志如慈父般牵着我小女儿的手走进屋。原来他得知我的小女儿15岁就考取了北大物理系，便领她到自己房间去见见他的小女儿，说她们是同龄人，都下过乡插过队，让她们好好交谈交谈。哦！这位历经苦难的老作家、老党员血管里一直流着滚烫的热血，仍以火一样炽热的真情观察生活，投入生活，关爱下一代。后来，我读到他的小说《少年 chen 女》及《美女陈倩》等，想到他锐利的作家眼光、灼人的赤子心田，从写《没有祖国的孩子》到今天以浪漫的文笔和痴情刻画当代美女少年的心灵，近半个世纪历经坎坷，仍一往情深、孜孜以求，以一颗纯洁的童心、火辣辣的情感追求着生活的美好，敲打出时代的强音。

《少年 chen 女》真是凝结了作家的苦难经历和现实感受。正如老作家孙犁评说，《少年 chen 女》"所写的，简直可以说是到处可以见到的生活……但以他对这一生活的细密观察、充分认识、深刻感受，就孕育了当代生活中的一个重大主题，一个震撼人心的故事，一个大量存在而亟须解决的社会问题"，它反映了"一个时代的困苦和挣扎，表现了一个时代的斗争和希望"。舒群同志自己也说："可能这是我一向反对文学艺术风格单一化、僵化而有所创新的、终生最后的聊以自慰之作，付出劳作是巨大的，难以言喻的。"

舒群，自"没有祖国的孩子"时代起，饱经忧患，却无哀叹，失去党籍，党性不泯，抱病笔耕，精雕细刻，难以言喻。遗憾的是，他的《第三次战役》书稿和他同名家丰子恺等人的众多封可谓珍贵的来往书信，以及萧红请他代为保存的有鲁迅先生亲笔批改的《生死场》的底稿，均在"文革"及多次运动中遗失了，他的传奇一生的回忆录尚未动笔，便于76岁之年恋恋不舍地放下了他视为剑和枪的巨笔（1989年8月2日逝世）。他在最后十年里，分秒必争、呕心沥血，以青年时代的心态和战斗精神、以惊人的速度奉献出了近30万字的文学作品和50多万字的极有学术价值的专著《中国话本书目》等，并出版了250万字的文集（四卷）。他还向医学界奉献了遗体。历史无私，东北作家舒群对文学事业如此废寝忘食、鞠躬尽瘁，兹因他耿耿不忘自己有幸，早早结识了布尔什维克，结识了被称为"共产主义之父"的马克思，深记烈士方志敏的话，"我们信仰的主义乃是宇宙的真理"。

相会嘉陵江

——记端木蕻良和萧红

那一天，敌人打到了我的村庄，
我便失去了我的田舍、家人和牛羊。
如今我徘徊在嘉陵江上，
我仿佛闻到故乡泥土的芳香
……
我必须回到我的家乡……
我必须回去，
从敌人的刺刀丛里回去。
把我那打胜仗的刀枪，
放在我生长的地方。

这是一首抗战歌曲。当年，在日寇铁蹄蹂躏中国神州大地之时，东北青年、爱国志士既高唱着《松花江上》，又联唱着这首《嘉陵江上》及其他抗战歌曲，慷慨激昂，共赴国难，国破家亡交织乡愁，决心打回老家去，把打垮日寇的刀枪放在生长的地方……

这首被评论家评为具有"高度艺术化的表现力与感染力"的"魅力无穷"的抗战歌曲的词作者，便是1912年出生在辽宁大地的满族流亡青年端木蕻良。他被文学史家称为抗战危亡时期"东北作家群"的一员。他不只以这首歌曲发出时代强音，还有反映东北家乡人民苦难生活、挣扎、奋腾的小说《科尔沁旗草原》《鴜鹭湖的忧郁》《浑河的激流》等。特别是1936年发表于《文学》杂志上的《鴜鹭湖的忧郁》，不仅真实表现了东北荒原上的人民在民族危亡中的无奈与抗争，更借主人公之口喊出"作为中国人，要当义勇军去"的吼声。

我虽然于中学时代便学唱过深沉、抒情的《嘉陵江上》，但那时我不知其词作者还是我们辽宁老乡。

20世纪50年代，我在文研所学习时，一天随同学邓友梅到北京市文联玩，见院中一人在漫步。他个高挺拔，上穿鹿皮夹克，脚蹬高靿皮靴，油黑分头，步履矫健，文质彬彬。邓友梅告诉我说，那人是端木蕻良。我远远望去，立马想到《嘉陵江上》，想到《科尔沁旗草原》，想到萧红，暗想，怪不得才女萧红离开萧军，痴爱了端木蕻良，他是这样仪表堂堂，气质不凡。当时我们仅是远望，无机攀谈。想不到30年后我真有机会同他相见畅谈了。

1985年，辽宁省新宾、岫岩、凤城三县首批成立满族自治县，邀请全国各界满族代表人物参加庆典。来自北京的文化名人中便有出生于辽宁昌图县的端木蕻良和出生于沈阳的著名舞蹈家贾作光，及出生于辽中县的中联部副部长、散文家金肇野。这时的端木蕻良已是手拄拐杖、头发花白的老者了。一路参观、游访时，我喊他老师，不时伸手搀扶，他总是谢绝并笑说："到祖先陵地我哪算老？晚辈拜祖该自行跪拜呢！别喊我'老师'，按满族习俗喊我'族长'好啦。"这一席话将我一个晚生对前辈专家的拘谨一扫而光了。一次，三位老人谈起"文革"遭遇，他竟哈哈大笑说："塞翁失马，焉知非福！"当60多岁的贾作光随着欢乐的满族同胞翩翩起舞时，他也挂杖击节，步入欢乐人群。我们一直乘车在峰峦起伏、郁郁葱葱的绿色屏障中行驰。山路蜿蜒，溪水叮咚，云飞脚下，鸟语花香，他不由喊起："啊！多美丽的家乡，我们真的回到了历代向往的长白山老家了！"他和大家一样爬山越岭，稍有歇息，还挥笔泼墨，赋诗、题词。在长白山余脉、清初古堡赫图阿拉山冈上，他抓两把泥土包于手帕；在努尔哈赤饮过战马的库克苏河畔，他掬一捧从天池流下的圣水一饮而尽；在乾隆亲撰《神树赋》的卧碑旁，他拾一片树叶精心夹进小本。他以大地之子的亲情虔诚祭祖，他以作家的爱心，寻古思今，全心投入。在山林鹿苑，他抚摸着机敏、美丽的小鹿，触景生情，浮想联翩，不断向我讲述他及家乡的一切……

端木蕻良，满族，本姓曹，原名曹汉文，其曾祖父为清朝官吏。父亲接受了辛亥革命的新思想，跑外经商、热心读书，靠殷实的家产相继将端木蕻良的三个兄长送往京、津上学，留下老生子端木在宠爱他的母亲身边。端木蕻良要随父苦读，背诵古诗词，听纪晓岚、王尔烈等人的故事。父亲还为他请了家庭教师。8岁时，他便偷看完了《红楼梦》，虽是生吞活剥，也还能背下《葬花吟》。16岁离家，随兄去天津南开中学读书，在南开中学参加了文学活动，将原名曹汉文改为曹京平，取自屈原的名

端木蕻良（中）、满族舞蹈家贾作光（右）与赵郁秀合影

"平"字及成语"莫之与京"的"京"字。以屈原的"吾将上下而求索"为座右铭，追求理想。1931年九一八事变爆发。1932年他考入清华大学历史系，知道东北家乡广袤大地全被日寇侵占，山河破碎，生灵涂炭，他参加北平"左联"，写出了《鹭鸶湖的忧郁》《大地的海》等作品，又满腔激愤地参加一二·九反日救亡运动。此间，他读过了《奴隶丛书》中萧军、萧红的作品，很受激励，只身跑到上海，热望得到关心东北流亡青年的鲁迅先生的指教。他欲将北方"左联"遭破坏的情况向鲁迅先生报告，又怕连累鲁迅，便以女性的名字"叶之琳"给鲁迅先生写了一封信，报告"左联"情况，并附一诗，其中一联是：泪凝蒲剑诛小鬼，血渗毛椽扫大奸。为遮人耳目，信尾还加重女人语气说："天气凉了，想织一件毛衣准备寄送给鲁迅先生。"1933年8月25日，鲁迅日记有载："得叶之琳信，夜复。"鲁迅夜复端木蕻良的信中特别提到，"上海虽秋但还热，毛衣尚不用穿，请释锦注耳"。端木蕻良得鲁迅关怀，便将在白色恐怖环境中坚持写出的长篇小说《大地的海》寄给鲁迅，改笔名端木蕻良。此时鲁迅已在病中，但仍复信给端木，称此长篇小说"很好"，并建议他写写短篇小说，便于尽快发表、出版。端木蕻良遵嘱写了短篇小说《爷爷为什么不吃高粱米粥》寄给鲁迅。是年9月22日，鲁迅于病中写信给端木蕻良，"《爷爷为什么不吃高粱米粥》也好……"鲁迅还将这篇小说推荐给《作家》杂志，是年10月18日，刊载于《作家》。端木蕻良刚捧读到新出版的《作家》，便得知鲁迅先生过世了，如晴天霹雳，热泪泉涌。他本打算待他的书稿出版后，去看望鲁迅先生，当面聆听教诲，但这已成为终生遗憾了。以后，端木蕻良在一篇纪念鲁迅先生的文章中说，他曾为鲁迅守灵，"我曾五次默立在先生的身边，我虽然没有得到和他谈话的机会，但我仿佛相信，他会看到每一个人，也会听到每一个人心灵的跳跃。这是我和先生第一次见面，也是最末一次见面……"

鲁迅逝世后，他将默默坚持写了几年的长篇小说《科尔沁旗草原》

亲自送给茅盾先生。他悉知茅盾虽久居上海，却积极抗战，担任《抗战文艺》杂志编委，还写出了《你往哪里跑》《第一阶段的故事》等抗战小说，促使原本生活安逸的民族资本家、商人、知识分子面对敌人"飞机、大炮、坦克正在排山倒海地向我方压迫"袭来，也"在大上海发出壮烈的怒吼"，鼓励上海各界人民全力抗战。

端木蕻良与萧红

投身抗战的茅盾得知端木蕻良是东北流亡青年，便请他暂住自己楼上。日寇轰炸上海，闸北大火，二人在楼台观火，心急如焚，因为他的长篇小说书稿和茅盾的抗战小说《一个真正的中国人》正在闸北华美印刷厂发排。正万分焦急时，开明书店经理徐调孚跑来报告，工人已奋力将书稿抢出。《科尔沁旗草原》于1939年由茅盾经办正式出版，立即引起轰动，文坛名将郑振铎曾称道此书："预期必可震惊一世人的耳目。"此长篇小说端木蕻良在清华读书时便开始酝酿，以自己家乡农民的苦难、抗争，艺术地揭示了中国北方土地分化的历史，展示了科尔沁草原浓郁的地域风貌，是一部民族史诗、画卷。书中有一段是以他母亲经历书写的。他母亲是满族贫农的女儿，年轻俊美；父亲是贵族少爷。母亲先为姜，父亲的原配病故后，她才为妻。他小时，母亲看他酷爱读书、作文，曾向他说过："你长大了写写妈妈的身世吧！"端木蕻良在清华读书时于《清华周刊》发表的第一篇小说就是《母亲》，后成为《科尔沁旗草原》长篇小说的一个动人的片段。

端木蕻良同萧红相识后，萧红曾向端木蕻良表示过遗憾，说："如果你这部《科尔沁旗草原》在鲁迅先生健在时完成，请他过目，也许同我的《生死场》一样，得到鲁迅先生的瞩目呢！"

"端木和萧红的姻缘是天意，是缘分。"同端木蕻良于1960年登记结婚的夫人钟耀群大姐不止一次这样同我说过。她还颇有诗情地向我说，端木蕻良和萧红的相会可以说是在嘉陵江，以后他们双双到了重庆，常常手牵手肩并肩漫步在嘉陵江岸，不时吟唱着端木蕻良作词的歌曲，表达他们的救亡心声和乡愁："我仿佛闻到故乡泥土的芳香……"钟耀群大姐还详细地向我讲述了他们相爱的经过，她还准备写一本书呢。

端木蕻良写出了《科尔沁旗草原》及《鹭鸶湖的忧郁》等20余篇小说、散文，不仅引起茅盾等人的注意，也引起胡风的重视。七七事变后，胡风准备办一抗战刊物，邀请艾青、萧军、萧红等人面议，同时还请了刚到上海不久的青年端木蕻良。"二萧"知端木蕻良来自东北，而且同萧军还是辽宁老乡，一见如故，格外亲切。座谈中，萧红对胡风提出的刊名"抗战文艺"表示"太一般了"，提议说，现在正值七七事变，何不叫"七月"呢？大家一致称赞。当时端木蕻良对这位以小说《生死场》被鲁迅誉为"力透纸背"并为其作序的女作家萧红早已仰慕，今日初识，见这北方女子不仅出手不凡，出口也不凡，"七月"提议，压倒众议，催生"七月派"，端木蕻良甚为敬佩。以后"二萧"到了武汉。萧军豪爽、仗义、爱才，热情邀请端木蕻良前去。在武汉，"二萧"的小金龙巷住处成为聂绀弩、艾青、田间、蒋锡金等一大批文人经常相聚的地方。端木蕻良年轻，又是单身，暂无居处，萧军便热情留宿在自己家。三人同住同吃，同为《七月》撰稿，谈文学，谈抗战，谈家乡。端木蕻良在家是老疙瘩，不会理家务，年长他一岁的萧红以姐姐身份关照他，想吃东北饭，她就为他们烙葱花油饼、做"苏伯汤"（俄式大菜汤）。端木蕻良好穿夹克衫、大皮靴，戴船形瓜皮帽。萧红有时将端木蕻良的皮靴套在自己脚上，戴上瓜皮帽笑说："看看，像不像科尔沁旗草原旗人勇士？"端木蕻良爱好绘画，又写得一手好字，他从小就苦练过王羲之的书法，提笔泼墨，龙飞凤舞，常得萧红拍手称赞。他们练字、谈画、谈诗词，共同语言更多了。不久后，萧军又租了一房，"二萧"搬走，将端木蕻良一人留在小金龙巷独住。萧红常来关照，畅谈不衰。

1937年，山西临汾创办了山西民族革命大学，来武汉招聘教师。"二萧"及聂绀弩、艾青等文人全部前往，端木蕻良也不例外。音乐家贺绿汀率领的演剧队、丁玲领导的西战团也相继到达临汾。

临汾，古时称为平阳，早在《诗经》诞生前，这里便产生了"日出而作/日入而息/凿井而饮/耕田而食"的古老的《击壤歌》，是一方流传诗韵的文化热土。日寇侵占太原，临汾为重要的抗日根据地。丁玲的西战团在这儿巡回演出，尽管敌机不断轰炸，观看演出的群众"一直展开到远远的墙角，五千个人，一万只手，吼声震天"。随着节目的进展，多少青年擦干泪水，高呼口号走向前线。作曲家贺绿汀就是在这燃烧抗日烈焰的临汾挥毫舞墨，一夜便写出了流传四方的《游击队之歌》。性情刚烈、豪情满怀的萧军就是哼唱着《游击队之歌》，决心到"高高的山岗上"，到"密密的树林里"做神枪手，和游击队队员一起真刀真枪打鬼子的。

端木蕻良在临汾同萧红、聂绀弩及塞克集体创作了三幕话剧《突击》，写一群流亡者如何拿起手中的扁担、铁锹扭成一股绳同日本鬼子殊死搏斗。此剧于《七月》刊发，由塞克执笔、导演，反响强烈，茅盾在《文艺阵地》撰文给予极高评价。

萧红除随端木蕻良、塞克集体创作外，还在临汾同她久仰的丁玲初次相见，便"实在觉得很亲切"，丁玲称她"自然而直率"，"保

萧红在武汉

有纯洁和幻想"，"有些稚嫩和软弱"，她们"每夜谈到很晚才睡觉"，这驱走了萧红生活的忧郁，她要将她感染到的亢奋的抗日救亡激情和乡愁及时落笔，渴望有个能久住的安静的地方专心写作，于是决定不随萧军去前线，二人就此各奔东西。

当萧军正式向萧红提出分手，建议她嫁给端木蕻良时，萧红扑在端木蕻良怀里泪流满面，悄悄告诉他，自己已怀了萧军的孩子，四个月了。端木蕻良坚决反对她动手术流产，明确表白："我爱你，也爱这个孩子，这是宝贵的生命。"萧红真正得到了一颗能体贴她的纯洁善良的心。

聂绀弩于《在西安》一文中曾记述：萧红对他说过，"我爱萧军，今天还爱，他是优秀的小说家，在思想上是个同志，又一同在患难中挣扎过来的！可是做他的妻子太痛苦了！我不知道你们男子为什么那么大的脾气，为什么拿自己的妻子做出气包，为什么要对妻子不忠实。忍受屈辱，已经太久了……"

当年同萧军一起头顶一包馒头在洪水中游泳救萧红的舒群也说过："二萧关系发生冲突后，萧红不断找我哭诉过。我是非常同情萧红的，我只好劝慰她。"

端木蕻良出身书香门第，受到的是中国传统教育。他已得到了萧红的真心挚爱，虽然在战乱岁月，也要正式举办婚礼。1938年5月，在汉口大同酒家，端木蕻良、萧红举办了有胡风、艾青等诸名流参加的婚礼，特请端木蕻良哥哥为主婚人。美丽的萧红穿上了自己亲手做的新嫁衣，堂堂正正做了新娘，向家人和公众宣布他们正式结为夫妻！

他们在武汉、在重庆，度过了一段动荡却也幸福美满的日子。他们常漫步嘉陵江边，观渔火，赏月光，低唱当年流行的《嘉陵江上》："如今我徘徊在嘉陵江上，我仿佛闻到故乡泥土的芳香，一样的流水，一样的月亮，我已失去了一切欢笑和梦想。江水每夜呜咽地流过，都仿佛流在我的心上……"（此间萧红临产前曾住白朗家月余，分娩后婴儿夭折）他们念念早日回到故乡。但日寇日夜轰炸，百姓不得安宁。他们得到在香港为他们发过稿件的戴望舒等友人的邀请，于1940年1月双双飞抵香港。

在香港，他们不停笔耕，以笔为枪，写文章、斥侵略、念故乡，得到读者强烈反响。他们除了得到稿费收入之外，更得到香港诸多文人的帮助，萧红实现了"争得安定写作环境"的愿望，完成了《呼兰河传》《小城三月》等小说和《回忆鲁迅先生》等诸多散文。萧红才华大爆发，影响至海内外。茅盾为《呼兰河传》作序，称其为"一篇叙事诗，一幅多彩的风土画，一串凄婉的歌谣"。她虽得到了赞美和鼓励，但也深感寂寞，她还是想念内地、想念家乡，又多病缠身，疲惫忧伤，而"马伯乐"等家乡人物时时撞击脑海，不得停笔、乡愁阵阵、孜孜写作。端木蕻良在忙于《时代文学》的编辑工作和中篇小说《江南风景》等的写作中，尽力抽暇给予萧红无微不至的关照。一次，国民党元老柳亚子前去他家看望，见端木蕻良给萧红端茶、披衣，细微扶持，二人谈笑风生，和谐幸福。柳亚子提笔赋诗：谔谔曹郎莫万哗，温馨更爱女郎花。文坛驰骋联双璧，病榻殷勤伺一茶。长白山头期杀贼，黑龙江畔漫思家。云扬风起非无日，玉体还应惜鬓华。

太平洋战争爆发，日寇攻进香港，炮声隆隆，烧杀掠夺，英国殖民政府撤离，民不聊生。皖南事变后由内地到香港的茅盾、夏衍等大批文化名人要火速撤离，中共南方局总书记周恩来亲自给时任八路军驻香港办事处主任廖承志打电话，安排东江纵队游击战士陆续将进步人士尽快撤走，确保安全。长长的撤走名单里就有萧红和端木蕻良。但是萧红肺结核已复发，不便行动，而原来经史沫特莱介绍住过的圣玛丽皇家医院已被日寇军管，端木蕻良送萧红搬进法国医院，几日后法国医院又被日军伤员霸占。她被撵进圣士提反女校临时搭起的病房。缺医少药，无人护理，萧红病情日渐加重，端木蕻良不眠不休，手忙脚乱，焦头烂额，无奈他将要撤离香港的单身青年作家、东北老乡骆宾基留下，请求他帮助照料。以写出《边陲线上》《东战场别动队》等抗战作品而闻名的骆宾基，早已仰慕

端木蕻良访问家乡小学

萧红，她的《生死场》，鲁迅为之作序，又得胡风高度评价，称其表征了东北人民在"蓝空下的血迹模糊的大地和流在那模糊的血土上的铁一样重的战斗意志"。骆宾基曾多次捧读《生死场》，欲当面求教，无缘相遇。今知萧红有难，愿全力相助，他立即赴病床守候。端木蕻良因此可抽身出外借钱讨药，购买食品，回到病房他又要不断用吸管为萧红口对口吸痰，抚背按摩，擦汗喂水，鼓励她一定要坚持活下去，"我们还要回到内地，回到白雪皑皑的东北，回到泥土芬芳的故乡……"

1942 年 1 月 22 日，在日寇暴行统治、寒风肃杀中，一代才女萧红闭上了双眼，停止了呼吸，年仅 31 岁……

端木蕻良含泪将萧红骨灰放入他四处奔波购得的两只青花瓷瓶内，遵照萧红遗嘱，一瓶埋进面向北方的香港浅水湾，一瓶埋进萧红逝世的圣士提反女校花园里高高的开着红花的大树下。他将轻轻剪下的萧红的一缕青丝精心包好，装于自己贴身的衣兜里，这缕青丝一直伴随他单身度过近 20 年。

骆宾基含泪提笔，第一个写出《萧红小传》。

端木蕻良参加辽宁满族自治县成立活动的第二年，他携刚与之结婚的夫人钟耀群回到了阔别 50 余年的故乡昌图县。当欢迎的乡亲和"红领巾"们一窝蜂向他们扑来时，他激动得含泪高喊："孩子们，鸳鸯乡的拦住子（端木的乳名）回家来了！"那一天，他还带领着"红领巾"们到附近的山野中看树下、草丛中有没有散发香气的蘑菇，听听林中有没有鸳鸯鸟鸣叫。他们又走到鸳鸯湖边看看那湖面上有没有鸳鸯鸟飞翔。他曾问过我和"红领巾"们，这里是鸳鸯的老家，为什么取名叫鸳鸯乡呢？一个读过他作品的孩子大声回答："这里不再忧郁啦！"

"好聪明的孩子！"端木蕻良拍手大笑。他掏出手帕包一把"冒油的黑土"，用家乡话幽默地说："俺回到咱们这疙瘩，带走一包鸳鸯湖的土坷垃，这是家乡送俺的宝贝疙瘩。"

他将自己新出版的两部书的稿费全部捐献给家乡鸳鸯树乡中心小学，并亲笔为家乡小朋友题写了一首仿唐诗句：少小离家老大回，乡音无改鬓未摧。儿童相见曾相识，笑问你怎早不归？

端木蕻良怀揣着故乡的泥土，携同钟耀群北上，来到萧红的故乡呼兰河畔。当年在香港，萧红写《呼兰河传》的时候，常常同端木蕻良切磋，告诉他家乡的呼兰河是多么清澈美丽，端木蕻良当即拍定说："你这部长篇就叫《呼兰河传》，从童年写起，像呼兰河水一样涓涓流淌不断成长。"后来，萧红写出《小城三月》，端木蕻良为她这部短篇小说绘插图，画一女孩身后有一条河，那就是涓涓流淌的呼兰河。端木蕻良来到呼兰河畔，想起当年在香港他们对坐写作的日日夜夜，想起他们跋涉在嘉陵江边的战斗时光。嘉陵江、呼兰河，"一样的流水，一样的月亮……"萧红的歌声不断在耳畔回响。端木蕻良提笔为萧

端木蕻良和孩子们在一起

在端木蕻良老人家中。右起：赵郁秀、端木蕻良、钟耀群

红故居题词，将他保存 40 余年的萧红闪光的青丝献出，装进家乡人民为萧红在呼兰河畔筑起的墓碑里。在墓碑前，他同钟耀群同声默念着他为萧红写下的祭祀诗句："风风雨雨柳色青，雨雨风风到清明。九九寒冬都历尽，乌云透过也见星。……"

端木蕻良携钟耀群东北之行回京后，不久，我去北京，特到西便门端木蕻良族长家拜望，并约稿。夫妻二人热情接待了我，同时说明他们回京后，马上投入《曹雪芹》下卷的创作中（上、中卷已出版。端木蕻良百岁诞辰日，中国作协暨北京市文联为其隆重举办了百年诞辰纪念会，对《曹雪芹》的出版给予极高评价）。钟耀群告诉我，端木蕻良身体多病，却分秒必争坚持笔耕，她尽力协助。钟耀群原在昆明工作，1960 年同端木蕻良结婚后生有一女。两人分居两地，端木蕻良心脏病突然发作，才调她抱着女儿来京团聚。端木蕻良一直在北京市工作，先任北京市文联秘书长，后任作协北京分会副主席。工作之余，端木蕻良全力写作《曹雪芹》，虽已写出了 1000 多万字，但他认为"离我的追求还很遥远，我正继续追求下去"。他念念不忘萧红的遗言，"我将与蓝天碧水永处，留下那半部《红楼》给别人写了"。不写完这半部《红楼》，端木蕻良心灵不能平静。

这次相见，应我之约，他为《文学少年》撰写了一篇散文《故乡永远是我的》，深情表述道："……每当我见到香菇的时候，我就想到我出生的地方，因为这个地方，对我是永远散发着不息的香气……人来自土地，也回土地去……"他真的回土地去了。

1996年10月5日端木蕻良逝世。我们发去唁电后，钟耀群大姐回函，感谢我们为端木蕻良留下了绝笔，并告知我，遵照端木蕻良遗嘱，已将他一部分骨灰送回昌图家乡，撒向科尔沁旗草原，一部分骨灰将送到香港同萧红的骨灰同葬。不久，在香港各方人士的帮助下，钟耀群亲手将端木蕻良的骨灰埋进了圣士提反女校花园里高高的盛开着红花的大树下。

在香港回归祖国喜庆的日子里，我率辽宁省儿童文学作家代表团去东南亚及香港访问。我曾沿着钟耀群大姐告诉我的路线，先去了当年埋葬萧红骨灰的浅水湾（其骨灰瓶早已移至广州银河公墓），后又找到了圣士提反女校。这个女校据说是以一位为真理而殉难的教徒的名字命名的，历史悠久，教学著名。校墙外已高楼林立，但规模不大的校内建筑还保持原样，安静、肃穆、圣洁。为不打扰校内的平静，我默默绕着女校院墙漫步行走。仰望那一棵棵高高的开着红花的大树，看到了那盛开的不知名的朵朵红花是那样鲜艳，听到了树枝头的鸟鸣是那样动听，斜望墙角处的花坛，在五彩斑斓的花丛中有蝴蝶双双飞来飞去，我不由得联想到化蝶飞舞的梁山伯与祝英台……我心中默念：我们崇敬的萧红、端木蕻良，你们终于双双安眠于已回归祖国的静静海湾，回归到早已赢得胜利的祖国大地，面向了北方，面向了和平安宁、泥土芬芳的家乡，已不再是"天上人间魂梦牵……蜡炬成灰泪未干"，你们已同家乡人民、父老兄妹居于一块版图，同望祖国大地华灯灿烂，正如端木蕻良的诗句"天涯海角非远，银河夜夜相望"，"最是香江月圆时……华灯热涌五音弦"。

愿双双蝴蝶在华灯热涌、鸟语花香中纷飞吧！

草明与女儿

　　全国五一劳动奖章，对劳动者来说，是国家给予的最高荣誉和奖赏。在我国老作家的行列里，大概只有一人荣获了这个荣誉。那就是草明，而且她的女儿欧阳代娜也获得了这个荣誉。

　　草明是 20 世纪 30 年代的"左联"老作家，被誉为"新中国工业题材文学的开拓者"。但知否？她在漫长的文学和生活道路上还有着许多的"第一"和"唯一"。

　　1936 年，鲁迅先生逝世时，在送葬人高举的大幅作家签名祭联上，第一个签的就是"草明"两字，她负责葬礼签到，又是唯一陪同鲁迅夫人许广平的人。许广平一直称她为"草明大姐"。

　　1942 年，在延安文艺座谈会召开前一个多月，草明和丈夫欧阳山是第一批被毛主席邀请去征求意见的作家。几天后，草明受欧阳山之托，将收集到的文艺界群众的意见和建议呈送给毛主席。

在延安有一个"八一学校"，即八路军抗属子弟学校，专门招收父母去前线出征、无人照料的军队干部子女，而欧阳山同前妻有 8 岁和 6 岁两个女儿被送到延安，就带在草

草明（左）与女儿欧阳代娜同获全国五一劳动奖章

明身边，却不能上学。在她给毛主席送材料那天，毛主席关心地问起她的生活有何困难，草明简单报告了孩子上学的事。毛主席亲自安排秘书叶子龙拿着主席签名的信，找到总参谋长叶剑英，安排这两个孩子进入了"抗小"。

1945—1950 年，草明到牡丹江镜泊湖发电厂、沈阳皇姑屯铁路机车车辆厂等地体验生活。草明被称为"第一个同工人结合的作家"，她写出了第一部反映工人生活的中篇小说《原动力》和长篇小说《火车头》。《原动力》很快被苏联汉学家、曾任驻华大使的罗高寿的父亲罗加乔夫翻译，后被波兰等 13 个国家翻译出版，得到郭沫若、茅盾两位文学巨匠及鲁迅夫人许广平高度评价，轰动国内外。

1947 年，她在哈尔滨，毛主席的二儿子毛岸青由苏联回国，暂住哈尔滨，是蔡畅大姐遵从毛主席的委托，请草明担任了毛岸青的中文教师，以后，毛主席从毛岸青的来信中看到儿子中文水平有很大提高，特请秘书写信向草明致谢。

1987 年，草明荣获全国五一劳动奖章，之后，女儿欧阳代娜也荣获全国五一劳动奖章，一时成为文坛和教育界的佳话。这佳话，不仅是因为"全国唯一"，更因为这母女并无血缘关系，非母女胜母女。

作家草明只有一个亲生女儿，后因婚变，女儿随母姓，叫吴纳嘉。

草明原名吴绚文，生于广东省顺德桂州乡一个破落的大户人家。少年丧母，到广州读师范后受俄国十月革命及鲁迅等进步文人作品的影响，开始偷偷写作，其中《缫丝女工失身记》及其他写缫丝女工的作品受到欧阳山的青睐。当时，欧阳山刚从上海的"左联"归来，创办了《广州文艺》，他称草明的文章为"普罗文学"，对她悉心栽培，并率其秘密组织"普罗文学同盟"。并肩征程中，二人坠入爱河。为躲避白色恐怖，二人逃至上海，不久在欢迎法共《人道报》主编古久里的大会上，结识了鲁迅先生。1934年，文化名人聂绀弩请鲁迅先生于上海豫园吃饭，有胡风及他们夫妇作陪。鲁迅请这位"左联"小妹妹坐其身旁，饭毕，她向鲁迅递上牙签，鲁迅摆手"勿用"，因是假牙，幽默地说："这让敌人晓得了会高兴啊，鲁迅老掉牙了。不过，他们莫高兴太早了……"以后，鲁迅和茅盾先生应美国记者伊罗生之约向国外介绍中国左翼作家时，也介绍了草明，茅盾的评语为"她很年轻，但是作品的风格已成熟"。这更使草明坚定地走"普罗文学"道路。

在她的爱女纳嘉一岁半时，为了参加抗日救亡运动，草明含泪割爱，将亲生女儿留在家乡广州。广州被日寇侵占，照顾纳嘉的祖父母相继而亡，小纳嘉随孤儿院颠沛流离，吃尽苦头，险些被人贩卖。新中国成立后，亲生女儿才回到母亲的怀抱。1955年，"反胡风运动"中，时任东北作协主席的草明被隔离反省，无奈，她又将女儿送到北京，读高中、上大学，女儿与母亲一直分离。当年不知女儿音信时，她常常流泪于深夜，后来她根据女儿的苦难经历写了一部中篇小说《小加的经历》。而对欧阳山前妻所生的两个女儿，她却给予了博大的慈母之爱，把思念自己女儿的深情、把不能给予她所爱的丈夫的挚爱全部给予了她们，而此时，欧阳山早已同她脱离了夫妻关系。在大女儿欧阳代娜工作、生活遇到坎坷时，她把她的两个女孩接到自己身边，帮助照料，组成新的家庭。当时在草明定居的鞍山有些持有旧观念的人不能理解，有人说，欧阳山把她甩了，她还全心全意抚养欧阳家的后代，傻老太，一个人安安静静学习、写作有多好。半个世纪以来，我耳闻目睹，对草明，也从不理解到感动、理解、敬佩。

新中国成立初期，我读到出版不久的《原动力》时，还不知草明何许人。之后，我看到一本印制考究的外文版《原动力》，扉页上印着作者的照片，她，黝黑的波浪短发，时尚西服翻着白领，面呈甜甜微笑，两眼有神，颇有风采（据说这是1950年秋出席在波兰召开的第二届世界保卫和平大会时外国记者给她拍摄的）。这时，我已经知道了她是解放区里第一本文学杂志——1946年12月于哈尔滨创办的《东北文艺》（《鸭绿江》前身）的第一任主编。我是多么崇敬这位已驰名国内外、风度翩翩的女作家呀！

1953年，我进入北京中央文学研究所学习。深秋，第二次全国文代会在北京怀仁堂召开，东北代表团团长、东北作协主席草明要

鲁迅先生殡仪，左一举帐者为欧阳山。队前横列的签名帐第一个签名者为草明

草明（左）同赵郁秀

见见东北同学。晚间，我同李宏林、谭谊等东北同学前往。原来照片上颇为潇洒、风采照人的草明，身材却是这样矮小、瘦弱，身着普通蓝制服，很是一般。那时我们列席文代会开幕式时，见名演员常香玉身着墨绿色毛料连衣裙，女作家关露披着苏式花色鲜艳的大披肩，相比之下，草明则有些土气了。但是，她极热情、爽朗，也很洒脱，她细致地询问了我们学习、生活的情况，又诚恳表示欢迎我们毕业后到东北作协工作。两年后我们毕业，我真被调到东北作协。当晚，安排我暂住到草明屋，我很高兴。同我谈话的作协领导师田手说是让我暂代一女同志执行看守任务。我一惊，堂堂作协主席何须看守？他慢慢说："'反胡风运动'，草明同志和胡风有些关系……"我不必多问了，我们文研所二期原定学制三年，就是因为来了"反胡风运动"才提前毕业的。我被人送到草明屋里，眼前的人比我两年前见到的显得更瘦小更弱了，她热情相迎，我想同她握手，她没有回应。寒暄后，她端来一盆热水洗脚。洗后，倒水回来，又端回一盆热水让我洗脚，我很不好意思。这一晚我睡不着，拿着主编罗丹交给我的一些稿件翻看，发现有篇小说《生活第一课》很有生活气息。我兴奋了，下意识抬头一看，草明的床上没有人，我又一惊，悄悄望去，原来她瘦小的身躯已陷进钢丝床的床窝里，大白床单从头到脚平平地遮盖着全身，不熄灯，还睡得很安稳。第二天，她醒来，笑说："小鬼，后半夜你睡觉蛮好哇，我两次上厕所，在你床边来回走，还帮你盖上毛巾被你都没醒。还是年轻人好哇！"我也笑了，心想：她的潜台词一定是，你还能看守我？

上班后，我同主编谈了我对稿件的看法，他很欣赏，问我能不能去鞍山找作者研究把稿改好。我刚到作协，办公桌还没坐上就出差，转念又想：也好，马上走，再不用去看守草明了。工人李云德的处女作《生活第一课》改好后刊发于国庆特号头题。从此，大连、鞍山联系作者的任务就交给了我。几个月后，草明回到了鞍山，我和她交往多了起来。

我亲眼看见草明穿着肥肥大大的蓝布劳动服，手提安全帽在坑洼不平的工地上奔波，在火焰灼面的高炉旁举镜观察；多次在她家里同前来做客的男女工人相遇，劳模孟泰、王崇伦等都是她的好朋友；我也多次同她和作家于敏一起去他们举办的青年工人业余文艺创作班里座谈；我亲自听她谈过长篇小说《乘风破浪》的构思；她应我之约写出了短篇小说《姑娘的心事》，后被《人民文学》转载。当时她任鞍钢一炼钢厂的党委副书记，上下班五六里路全是步行。她的举止言谈、文品人品都给予我及文学小组的作者极大的启迪。她宽仁大度，厚人律己，对给她的错误批判只字不提，而且还庆幸"因祸得福"，解除了作协主席的职务，减去了领导压力，可以轻松愉快、全身心地和工人们打成一片了。

后来，她独居的有些空寂的日式小房里多了两个活泼可爱的小朋友。我第一次看见这两个小女孩那天，草明不在家，大点儿的女孩五六岁，瞪着圆亮亮的大眼睛问我："你找姥姥有事吗？"我愣住了，我只见过草明的女儿纳嘉，她早已经去北京读书了，哪里有这么大的外孙女呢？我问："你姥姥叫草明吗？你妈妈是谁？"大眼睛女孩机灵地回答："我妈妈在山西，是我姥姥把我们从乡下接来的。"同时还告诉我她叫丹妮，妹妹叫燕妮。我才想到，这一定是欧阳山的后代。关于草明同欧阳山的家事，我们晚辈不便过问，我知道这是她最最痛心的事。但是我从未听她讲过一句对欧阳山的毁誉之词。一次，她从南方参观归来，讲到在广东吃蛇等地方特色菜，我们听得很新奇。她说这是欧阳山请吃的。我试探着问她："欧阳山刚出版的《三家巷》您读过吗？"

她爽快地答道："早读了，刚出版他就送我了，我们俩谁出了书都相送。"

哦！他们的关系是这样，我心想。又问："您对《三家巷》如何评价？"

她笑笑说："我们俩写作风格不同，他老辣，他对广东地域的风俗、人情写得真切迷人，我很欣赏。"这是我唯一一次听她讲到她曾爱慕的著名老作家欧阳山。

她在延安同欧阳山分手后，大病一场住进医院，常常隔窗望冷月，"思悠悠，恨悠悠，恨到归时方始休，月明人倚楼"。她人倚窗，恨无归，何能休？她痛苦，她孤独。恰值抗战胜利，新的战鼓敲响，她不顾院方阻拦，执意出院，随大部队到遥远陌生的东北去，走得越远越好。她要同脆弱决裂，独创生活，做一个有个性的刚强女人。她曾婉言谢绝了一位爱慕、追求她的红军干部，"为了事业，为了孩子，宁可守寡一生"。她单枪匹马在火热的群众生活中奔波了10多年，现在要像马克思那样把她深埋在心底的爱献给孩子，组成一个更为美满欢乐的家庭。

又过了一段时间，我在草明家里看到了刚到鞍山的丹妮姐妹的妈妈欧阳代娜。她穿着一身米色的连衣裙，稳重、文雅，颇有风度。草明告诉我，她从延安到北京后，在人民大学进修，后来在一个国家机关任处长，因她爱宣传人道主义，被打成"右倾分子"，下放到山西一个县的郊区当教员。她真的爱上了弃官从教的工作，草明帮助她转到鞍山一所中学教书，这样就可以同孩子团聚了。这个家庭有了祖孙三代人，更为美满了。

"文革"前两年，草明被调至北京。她同亲生女儿纳嘉算真正团聚了。

在粉碎"四人帮"后，我有了去北京的机会，就先去看望草明。因为那时我正在做妇女工作，知道草明在东北还曾被蔡畅大姐看中，请她在东北妇委会工作过一段时间。在她家里，

1948 年在哈尔滨，蔡畅会见女作家。前排左起：草明、蔡畅，后排站立者为丁玲

我看到了她还精心保存的蔡畅、李富春等领导在东北活动的珍贵资料和照片，还有毛主席给她的亲笔信的影印件等。

草明在北京三里河和东河沿的家，我都去过多次，虽然房间由小变大，由少变多，但是整洁的书房里除了挂有字画、条幅外，总是挂着两幅放大照片，一幅是延安文艺座谈会的合影，一幅是鲁迅同青年木刻家谈话的照片，这是拍此照的摄影家沙飞送给她的。她曾指着照片上的毛主席和鲁迅告诉我，这是她最崇拜的两位导师、两位伟人。

1942 年 4 月 9 日，草明和欧阳山接到了毛主席邀他俩去杨家岭面谈的亲笔信。这对夫妇作家端坐在毛主席的窑洞里，洗耳倾听毛主席阐述他准备在座谈会上提出的"为什么人的问题"等三个大问

题,听得入神入迷,不觉到了中午,毛主席又热情地留他们同吃午饭。江青也在场,帮助端来了小米干饭,两菜一汤。草明曾和我说:"那一顿饭,我多咱想起来都余甘在口,难以忘却啊!"

1942年5月2日,文艺座谈会在延安的中央大礼堂召开。身材魁梧的毛泽东和朱德、陈云等中央政治局领导走进会场时,掌声雷动,气氛热烈。5月23日下午,毛主席又来到大家中间,针对大家两天半的讨论和周恩来在重庆收集的文艺家的反映,发表总结讲话,其间,摄影家吴印咸提议:趁夕阳正红,可否出去合影留念?毛主席欣然同意。关键时刻,留下了永存史册的非常有纪念意义的照片。就在这张合影中,草明和著名电影艺术家陈波儿左右挨着坐在距毛主席最近的位置上,其次是朱总司令身边的丁玲和李伯钊,这是当年延安文艺界有名的四女将。

1945年,她决定奔赴东北之前,特意向一直关心她的毛主席告别。毛主席亲切地鼓励她说:"你过去工作很有意义,现在到前方去,再同工农兵结合,更好、更高兴了。"毛主席又关切地问:"听说你和欧阳山离婚了?"

草明没有想到毛主席会了解到这样细微的事情,并且对她如此关切,她慌忙回答:"是的,我没有感情了。"

毛主席纠正说:"怎么会没有感情哩,感情是更洗练了,更要把精力集中到工作中去了。"

她带着爱神之剑刺下的伤痛离开延安,带着毛主席点燃的延安火种闯进关东,在东北的冰寒大地上熊熊燃烧。从黑龙江到沈阳到鞍钢,她全身心地、长期地到工人群众的生活中去。新中国成立10周年前夕,她又奉献出了反映钢铁工人生活的长篇小说《乘风破浪》,被称为"十年献礼佳作"。粉碎"四人帮"后,她又出版了长篇小说《神州儿女》,还有近百篇短篇小说和二三百篇散文及《名家自述丛书·世纪风云中跋涉》相继出版。

说到鲁迅先生,她曾指着她在《人民文学》上发表的一篇纪念

庆祝新中国成立40周年(1989年10月),草明同延安老战友相聚。左起:
林默涵(文艺理论家)、草明、魏巍(《谁是最可爱的人》作者)、张常海(《光
明日报》总编)、邓立群(曾任中央书记处书记)、朱子奇(诗人)

鲁迅的文章对我说:"鲁迅说,他好像一只牛,吃的是草,挤出的
是奶。我说我的成长就是得到了鲁迅挤出的奶的哺育。"自1933年
第一次见到鲁迅至鲁迅逝世,从文学创作到个人生活,她都得到了
鲁迅先生的殷切指导和关爱。她身怀六甲时,是鲁迅请来名医为她
看病,为她传授保健知识,为她治好了病。鲁迅抱病写出《答托洛
茨基派的信》一文,是她在自己任编委的《现实文学》上大胆、快
速给予发表,引起了国民党当局的追查,最后被勒令停刊。但是她
暗暗庆幸:我们已传播出了鲁迅的战斗号角。1935年,她因为替丈
夫欧阳山传递情报而被捕,被关进上海龙华监狱,面对威逼拷问,
她不吐只字真言。她知道那里就是作家胡也频、柔石等五位烈士英
勇就义的地方。她深记鲁迅痛斥国民党的话:"将左翼作家逮捕、
拘禁,秘密处以死刑……证明他们是在灭亡之中的黑暗的动物……
也在证实中国无产阶级革命文学阵营的力量。"她就是要用这力量
与敌人抗衡到底。鲁迅及胡风、张天翼等诸多文化名人曾为她呼号、
施以营救,鲁迅捐出二百元钱资助其兄将被囚一年多的草明赎出。

鲁迅是她的导师，也是她的恩人。

草明，一位南国的单身女人，身躯瘦小，纤弱，但经历了世纪风云的洗礼，她已有着如她酷爱的钢铁事业一样的钢铁意志，心中燃烧着钢铁熔炉里一样升腾的烈火，成为身小志坚的强者。这是她崇敬的导师、伟人给予她的力量。她的一生不幸又有幸。莎士比亚说过："患难可以试验一个人的品格……命运的铁拳击中要害的时候，只有大勇大智的人才能处之泰然。"她处之泰然，变不幸为有幸，实现了人生的价值，打出了一片女强人的新天地。她得到了广大工人阶级的爱、人民的爱，她又将这大爱给予了人民、给予了下一代，给予了已不爱她的丈夫的后人。今天，欧阳代娜，一个没有进过师范、半路出家的语文教师，竟成为国家特级教师、教育专家，也获得了和草明一样的最高荣誉。而她的下一辈也个个事业有成，并发扬着老祖母草明留下的高贵品德和大爱精神。曾热情接待过我的那对天真、活泼的丹妮、燕妮小姐妹，在鞍山一直抚养着在姥姥家当保姆的无儿无女、已失去劳动能力的庞姥姥。庞姥姥病重时她们寄钱给她治疗；她病故，她们到她家乡去为她操办丧事、为她送终，让她笑入天堂。这又成为当地流传的佳话。

草明同她的文友欧阳山老人，在两三年内相继驾鹤西游（欧阳山于2000年9月辞世，92岁，草明于2002年2月辞世，89岁）。中国作协及他们家乡在北京、广东、鞍山相继为他们举办了隆重的纪念活动，我均被邀请参加。翻阅着他们为国家、为人民留下的珍贵遗产——厚厚的文集，凝视着他们生前慈爱、纯真的笑容，我愿他们于九泉之下南北相会，共同携手回忆战斗的峥嵘岁月，共同瞻望中国文学新发展，共同庆幸由革命家传承下的大爱精神已传承给了他们的后代，并将世代相传，绵延不断。

义勇军、厂长、作家

——雷加骨灰撒播鸭绿江侧记

鸭绿江畔丹东市有一国家商业部命名为"百年老店"的老天祥大药房，在老店大匾旁还挂着百年前由山东闯关东来此创办此药房的刘老先生大幅遗像。我小时候，曾随祖母来老天祥买过药，记得祖母说，这个药店的药，灵！

这个卖"灵"药的药房里有一高个男孩。以后，他在《童年》忆文中称，他第一个敢于穿上冰刀在鸭绿江冰层上滑冰；他第一个敢于在鸭绿江里潜游过江心（国界线）探头听听对岸朝鲜人的说话或唱歌。九一八事变后，他是家乡第一个身穿戎装、加入义勇军、参加一·二八淞沪抗战者；二战结束，日寇投降，反法西斯战争取得巨大胜利，他随团从革命圣地延安返回鸭绿江故乡，第一个接办日伪统治时期惨遭破坏的工厂，第一个获"模范厂长"称号；逝世后其骨灰撒入鸭绿江，被家乡人称为"第一位抗战作家"。他就是著名作家雷加，原名刘涤、刘天达。

2015年，在雷加百岁诞辰日，中国作家协会、中国现代文学馆联合举办了"雷加百年诞辰纪念座谈会"，作协主席铁凝及出席会议的80余位专家、代表对雷加坚持深入生活、扎根人民、为人民写作取得的丰富成果给予高度评价，称其为"新中国工业题材文学创作的拓荒者"。

雷加，没有按中国传统子承父业，他曾称他父亲"不曾违背过我的心愿"。他14岁离家去沈阳，考入冯庸大学中学部（由张学良之友、爱国战将冯庸倾其全部家产创办，后并入东北大学）。九一八事变爆发时，他身在事变发生地沈阳。那一天，他从教室二楼爬到一个旗杆顶上向北大营方向张望，耳听隆隆炮声，眼望熊熊黑烟，满含热泪和同学们愤愤议论，彻夜未眠。次日，鬼子兵驾着军车开到他们的学校，把学生们撵到锅炉房里，把一杆杆枪对准他们大叫，随之他们将学校各处全部捣毁，又把校长抓走。同学们顾不得回家告别，连夜奔赴皇姑屯火车站，他们要到北京要求张学良打回老家，驱逐日寇，参加救亡活动。

蒋介石的不抵抗政策不仅使东三省沦陷，更助长了日寇气焰，日寇得寸进尺，将魔爪伸向上海。中共地下党在上海早已成立了抗日救国会，组织工、农、商、学各界群众聚会、游行，抗日救国运动风起云涌。驻沪日本浪人加以阻挠，日本驻沪领事馆竟向上海政府提出封闭抗日救国会。同时，日寇舰艇司令又以护侨为名，派30余艘军舰和数千人陆战队进驻上海，疯狂攻击。1932年1月28日夜，日军向驻上海的国民革命军第十九路军发起攻击，十九路军奋起抵抗。1月29日，十九路军将领蒋光鼐、蔡廷锴等立即向全国各界发出通电："暴日占我东三省，……更在上海杀人放火，浪人四出，世界残暴之举动，无所不至。而炮舰纷来，陆战队全数登岸，竟于28日夜11时30分在上海闸北侵我防线，业已接火。光鼐等分属军人，……捍患守土，是其天职，尺地寸草，不能放弃……"

震惊中外的一·二八淞沪抗战就此爆发！

整日奔波于救亡活动的青年学子雷加立即参加义勇军，随同冯庸大学中学部的义勇军队伍开赴淞沪战场。上海的江湾、吴淞、浏河已炮声隆隆，各界人民纷纷支前，孙中山夫人宋庆龄、廖仲恺夫人何香凝迎着硝烟，奔赴前线慰问。眼见日夜奋战的第十九路军将士在白雪飘飘的隆冬还穿着单军衣同

一·二八淞沪抗战时雷加在上海浏河口前线

日寇拼杀，上海群众及赶来的学生义勇军立即组织起来赶制棉装，人挑、车运送往前线。何香凝老夫人还慷慨赋诗《赠前敌将士》：

> 倭奴侵略，野心未死。既据我东北三省，复占我申江土地。叹我大好河山，今非昔比，焚毁我多少城市，惨杀我多少同胞，强奸我多少妇女？耻！你等是血性军人，怎样下得这点气？

雷加等学生义勇军深受鼓舞，更加义愤填膺，同上海复旦大学义勇军战友帮助运送军衣，又强烈要求将第十九路军缴获的枪支发给他们，他们将同前线将士并肩杀敌。因他们没有经过严格的军事训练，蒋、蔡指挥官劝阻他们留在二线，组织战地服务队，帮助运

送粮草、食品、医药等军需物资。他们还协助工会组织到处拾捡装烟的铁筒和罐头筒，赶制土炸药运往前线。

雷加所在的义勇军在浏河口战场日夜忙碌，为前线服务，苦战月余，但第十九路军得不到国民政府的后援，1932 年 5 月 5 日，蒋介石国民政府竟同日方签订了《淞沪停战协定》，雷加同义勇军战友无不声泪俱下、义愤填膺，愤然离开战场。

1935 年，雷加怀着欲雪此深仇巨恨之心东渡日本留学。他要亲眼看一看日本的机械、技术如何胜于我国，竟敢于这般疯狂侵略。在日本，雷加考入政法大学专修科。他不忘枪林弹雨的日月，积极参加有杜宣、吴天、颜一烟等众多中国进步学生组织的剧人协会，"一场场演出，就是一颗颗火种"，他们为维护郭沫若的讲演，为给溺水的聂耳筹办一个庄严的灵堂，四处奔走，同日本反动分子搏斗。同时，他还翻译了《高尔基四十年文学活动》《新现实主义与革命的浪漫主义》等多篇苏联文学评论，介绍到国内。全国抗战爆发，他们相继回国。

雷加回到北平，几日后便随同马加等东北同乡跑到香山观看了由北京艺校学员张瑞芳、崔嵬演出的广场戏《放下你的鞭子》。张瑞芳扮演的卖唱女唱到"高粱叶子青又青，九月十八来了日本兵"时，仇恨痛心，饥饿难耐，歌声停止，痛苦倒地。其父举鞭，命其站起，观众中的青年人蜂拥而上，高呼"放下你的鞭子，打倒日本

1937 年 5 月，北平"民先队"（中华民族解放先锋队）抗日宣传活动。张瑞芳主演《放下你的鞭子》，后面戴鸭舌帽者是雷加

帝国主义！"雷加也拥上台，随之高呼"打回东北老家，抗战到底！"

此后，他又随同马加参加北方"左联"，相继写出了《最后的降旗》《平津道上》等特写。后来，雷加曾自称他的文学创作是从抗日战场开始的。

1938年，雷加到达延安。他先在抗大学习，后又到晋绥前线采访。1939年，雷加在丁玲领导的中国文艺协会任秘书长，仍坚持上前线、下基层，写出了《弹弓老人》《前线的故事》《一支三八枪》等20多篇战地特写、散文、小说。他多次采访白求恩大夫，同白求恩大夫同吃同住，亲眼看他在极简陋的土房，靠人举瓦斯灯照亮，一刀一刀轻轻为伤病员动手术。白求恩大夫那不断被护士擦拭汗水的脸庞、那长久弓腰不起的身影深深刻印在雷加的脑海，他提笔写出了长篇报告文学《国际友人白求恩》并于延安《军政》杂志发表，毛主席读后挥笔批上五个大字：学习白求恩。

抗战胜利，他实现了"打回鸭绿江边"的理想，徒步跋涉几个月，于1945年11月回到家乡安东，组织分配他去接管造纸厂。那时，那里急需要印报、印币、印文件、建军事后勤基地，而且那里还有尚未回国的日本厂长和技术人员。雷加以"刘天达"的名字单枪匹马走进了杂草丛生、满目疮痍，被日寇称为"王子造纸"的东北最大的造纸厂，他双手将挂着日本厂名的木牌摘下，当即定名为鸭绿江造纸厂。他担任了厂长。随之，他又被选为安东市首届参议会副议长，时年30周岁。

1946年春，我在安东联合中学读书，见到刚创办的《白山》文学杂志上刊有雷加的《一支三八枪》《五月的鲜花》。读到他的散文《鸭绿江》，我感到是那样的亲切，因为我也是喝鸭绿江水长大的，看不够江上的白帆和飞翔的海燕，听不够高亢的船工号子和浪涛声。真如他所写，"凡是到过鸭绿江的人，永远不会忘记由青山雪顶上淌下来的这股碧流，它是无比清澈和深邃，它是静谧的，又是那么动人，那么使人心胸荡漾"。这使我一个小小中学生对这位家乡作家五体投地地崇拜！

那时我还不知道雷加就是我同班同学刘华荣的哥哥，也不知道他另一个名字叫刘天达。暑假时，刘华荣被送进军政干校，我进了白山艺术学校。真巧，这个学校的领导之一田风就是《白山》杂志的主编，也是雷加留日时的同窗好友。我从田风校长那里知道了留日剧人协会不少抗日爱国活动及雷加参加义勇军赴沪抗战的故事。

东北全境解放后，在安东召开辽宁省文代会。此时我是辽东省文联一小编辑、文代会工作人员。我第一次看到被邀出席省文代会的我崇拜的大作家雷加，他身材高大、魁梧，头戴一顶哥萨克式羊皮帽，浓密黑发有弯曲波浪，两眼黑亮有神，像我在大连看到的苏联专家，我有些惧怕，不敢仰脸直视。当我给他送会议材料时，他张开大嘴问我叫什么名字，得知此名刚在《东北文艺》上发表作品，他便哈哈笑说："啊，小老乡。"（半个多世纪来他一直这样称呼我）随之，我将他在东北（或全国）文代会上得到的会议材料口袋送上（他请假未出席，由省里代领）。他打开口袋，将袋里装的礼品——花格子围巾送给我，让我将头戴的供给制发的帽子摘下，说："这就不像土八路喽！"我的惧怕感烟消云散了。转年，我便系着这花格子围巾去他的造纸总厂，协助办工人文化夜校。该厂生产搞得好，职工俱乐部也抓得好。我们吃住在厂里，常常看到作家厂长那高大的身影在有七八层高的叫"木釜"的车间爬上爬下，也常看到他告诫工人要戴口罩、女工的长发要绾在帽子里，还常看到他和工人一起端着大碗吃丹东的特产土饭"炒馇子"，边吃边唠，如一家人。而他家庭生活的一个小场景我至今记忆犹新：一天，雷加夫人、时任造纸厂人事处处长的伊苇同志一手提着六七岁儿子的衣领往家走，一手用纸不断擦着儿子衣裤上沾着的泥水，据说是玩打仗游戏或是跟小朋友打架时掉进了泥水坑里。夫人边走边气哼哼地数落孩子，正巧雷加迎面走来。我想，这位目光如炬给人威严的厂长，一定会对泥猴似的儿子大喝几声或踹上两脚，没想到雷加只两眼睨视冷冷一笑说了句："淘气包！"转身走了。30 年后，我写了篇《党的好女儿张志新》，省妇联主席支持我送到《中国妇女》杂志，经主编和康克清大姐审阅、拍板，当即决定撤下当期的头题稿，拟全文发表。排版配图时，美编刘力宾从我带去的诸多照片中选中了张志新穿着花格中式上衣、烫着长发侧面微笑的照片为封面（《中国妇女》1979 年第 7 期封面）。当时有人坚决反对，说："这像电影明星，非英雄形象。"刘力宾却坚持不变，大声说：

雷加（右）、陈明（丁玲丈夫）（左）同赵郁秀

"这才是真实的英雄。"责编悄悄告诉我，他的爸爸是大作家，叫雷加。哦！我立马想到 30 年前那个满身泥水的"淘气包"，想到厂长雷加睨视的眼神和微微一笑。

在厂里，我还听说了雷加在国民党袭击安东时怎样奋不顾身掩护工友们撤退至长白山的故事。他还曾带领工人机智地击退了原日本厂长暗中夺取工人武装枪支、煽动工人逃跑的"哗变事件"。反攻归来，他任了安东造纸厂、六合成纸厂、鸭绿江造纸厂、朝阳造纸厂四厂合并成立的总厂厂长，又南北奔波，指挥千军万马，很快恢复生产。新中国成立前夕，文化名人胡风来东北参观，到过造纸厂。胡风在《在工业战线上》一文中曾有这样的记述："这个厂被破坏得很厉害，据留用的日本工程师估计，就现有的条件，要修复好安置三个大蒸罐的七层高楼，非得六个月才能完成。……他们，不顾一切困难，动员起工人来自己动手，连工人们的家属，妇女小孩子们也来帮忙和泥搬砖，凭借着高度的工作热情克服了一切困难，终于仅仅用了二十四天的时间把那个大高楼修好了。"

　　修复这个木釜高楼，用去了 1800 袋水泥，55 万块砖，当时烧砖厂还没复工，全靠那些曾一心跟着厂长在长白山上打过游击的老工人，带领群众到各废品堆里拾砖捡瓦。雷加曾说："这 55 万块砖，是我心中念念不忘的数字，震动心弦。" 在那七层高楼上，雷加亲自设计、指挥雕塑了一尊工人推着齿轮的高大雕像。全安东市以及对岸朝鲜人民仰首望天时都能看到那座全市最高的巨大的工人英雄形象。当年东北电影制片厂著名摄影师吴立本曾到此拍摄了《民主东北》之一部，为新中国成立前较早的新闻纪录片，永存史册。

1946 年 12 月，胡风（左）访问安东造纸厂时与雷加合影

当年造纸厂产值为辽东省财政收入的三分之一，荣获了安东一等生产光荣红旗，雷加被东北民主政府授予"模范厂长"称号，随之，荣任了东北造纸总公司经理。1950 年年底，他被时任国家政务院副总理兼轻工业部部长的黄炎培选中，调入北京，任轻工业部造纸工业管理处处长。但是在造纸战线的五年激荡岁月，已在他心中酿成长长画卷。他拜见了老上级丁玲。丁玲很了解这位东北作家，在延安文艺座谈会召开之前，他便

手持任弼时同志为他亲笔写的介绍信前往习仲勋和王震所领导的绥德专区参加实际工作，早已体现了长期地无条件地到群众中去的精神。丁玲支持他归队。

雷加被安排到刚成立不久的以丁玲为所长的文研所任创作员。1953年，文研所二期招生，我被录取，老、小老乡又相会了。我的同屋贺抒玉大姐约我代表她丈夫李若冰去雷加家看望。正巧同来京参加文代会的东北作家马加、公木、吴伯箫、师田手相遇。雷加向他们笑着说："现在我可是无官一身轻了。"我知道，他在造纸厂当官的五年，每天都工作12小时以上。而"一身轻"之后呢，他更是日夜笔耕，无暇休息。为补充长篇小说素材，他曾多次骑自行车奔跑于安东旧地，住工厂或省文联办公室，常常夜灯长明。他最早送我的书是1952年于人民文学出版社出版的中篇小说《我们的节日》。书中所反映的生活，正是我在造纸厂工作的那段难忘的时日。我亲身参加过全厂超额完成任务时在厂区召开的庆功会，劳模代表双手升起了五星红旗，雷加双目仰望飘荡的红旗和七层高楼上的工人英雄雕像，挥舞手臂大声说："工人阶级的力量是无敌的！以后每当我们超额完成任务，我们就在这里升起庄严的国旗，这就是我们造纸工人的节日！"雷加振臂高呼的高大形象至今历历在目，洪亮的嗓音至今时时萦回耳畔。之后，他又相继出版了他的三部长篇小说——"潜力"三部曲《春天来到了鸭绿江》《站在最前列》《蓝色的青枫林》，写进了他经历的自鸭绿江岸到长白山青枫林接收、复工、生产、撤退、再复工、大发展的体现了工人的钢铁意志和血肉斗争的感人故事，为工业战线文学开创了新篇。茅盾先生曾在《夜读抄》一文中有评介，"文朴素而生动（描写风景部分较差），写生活上琐细事件时，也不是硬凑以图'表现人物的精神世界'，而是与故事的发展有关系的，结构也还紧凑"。此后，雷加到三门峡工地任职三年，又多次回访延安，深入唐山震区。他身背相机，马不停蹄，北至黑龙江漠河，南至玉龙雪山，东至长白山天池，西至新疆沙漠，祖国山河大地无处没有留下雷加的脚印，从水利到石油，从地质到林业以及国营农场、高山哨所等，都有他可以联谊谈心的朋友，都留下了他精美的文字。他除了写小说外，还在各地发表、出版了散文、特写、报告文学等近百篇400余万字，其中有《从冰斗到大川》《沙的游戏》《雷加短篇小说集》《雷加散文特写选》。我主编的《文学少年》也曾得到他的赐稿。他的《半月随笔二集》荣获过首届鲁迅文学奖，其他专集也获过各种奖。晚年，他还抽暇为他研读过的世界名篇编了一部厚书《世界文学佳作八十篇》。他领悟古今中外名家的体验是"生活就是一切艺术的永恒的源泉"。作家写作不是为自己，而是肩负着历史的使命，时代的责任。

20世纪80年代初，雷加担任了北京市文联的秘书长、北京作协副主席，他还一直骑自行车上下班，住在北京右安里28号。据说北京市文联给他分房，他坚决不要。雷加一生就是这样，对权力、地位、待遇全然不放在心上。他在延安整风运动时被当成"汉奸""特务"，遭批判，他的夫人抱着刚出生不久的儿子来看望他，还被锁进窑洞里，"反胡风运动"时被审查，大批丁玲时也受牵连，"文革"中又蹲牛棚，可他均不放在心上。这一切，均依他所说，"任其大江东流去"。他日夜思考的就是"永远萦回在我的梦中"的碧绿的鸭绿江水及和鸭绿江一样清澈圣洁的文学事业。文学是他的生命！他赢得的是"时代的歌者""真善美的写手""大写的人"的赞誉！这就是作家雷加，这就是义勇军刘涤、厂长刘天达！

2009年3月10日下午，雷加一睡不起，安详地到了另一个世界。遵他所嘱，不开追悼会，让他回到"碧波流过我一生"的鸭绿江。5月，在杜鹃花盛开、白果树浓绿、纪念屈原准备龙舟赛的日子，我随同雷加亲属及北京文联同志来到故乡鸭绿江。在丹东市委精心安排好的素雅的游艇上，向摆满由中国作协、北京文联、丹东市委等单位赠送的花篮上方悬挂的雷加及其夫人伊苇的遗像深深三鞠躬。伴随着萨克斯名曲《回家》悠扬、深沉的音乐声，儿女们、亲朋们将一捧捧拌着黄、白菊花和彩色玫瑰花瓣的骨灰，慢慢撒向静静流淌的鸭绿江。我边撒边默默诵念：我尊敬的老乡，您真的回家了，回到我们可爱的故乡，永眠碧波畅流的鸭绿江了！我泪眼模糊地望着碧绿的江面，那儿出现了一条长长的五彩缤纷的花的彩带，在和煦的阳光和翠绿江水的映衬下，那彩带是那么的耀眼和绚丽。江岸上散步和跳舞的人们都停下了脚步，向着江面上的长长彩带凝望。对岸朝鲜的朋友们也驻足远望，他们并不知道这是中国一位近百岁高龄、曾参加过抗日战争的文学战士魂归故里。这源自长白山天池的圣水鸭绿江，曾经历过日寇铁蹄的蹂躏，经历过美帝飞机的狂轰滥炸，流淌过反法西斯战争烈士的鲜血，听到过"巍巍长白山，滔滔鸭绿江"和"雄赳赳、气昂昂"的战歌，但是，汹涛骇浪之后，她依然静静流淌，吟唱着和平之歌。今天，在鸭绿江之子雷加曾称赞的 "绿得真美，绿得透心的美" 的鸭绿江上又漂起长长的五彩缤纷的花链，流向汪洋大海！

向着太阳，永远向前

——忆念军歌词作者、诗人、教育家公木

岁月漫漫，飞驰闪现，偶尔忆起解放战争年代，行军时走得腿酸脚乏，只想坐地歇息，大嗓门的领队唱起："向前，向前，向前……"随之，大家齐唱起这冲锋号似的音律，振奋了精神，驱赶了疲劳，昂首向前行进。

战场反攻，捷报频传。我们群起抢捷报、挽臂迈大步，又高唱起"向前，向前，向前，我们的队伍向太阳……"那高昂激越的旋律，那铿锵有力的节奏，表达出我们迎接胜利的喜悦和乘胜前进、永往直前的信心和力量。就这样不停地唱着，迎来辽沈战役的胜利，迎来了全东北的解放！

那时，我只知道这首歌曲的曲作者是朝鲜人郑律成，也不问词作者是谁。那时学歌是口口传教，没有歌片，更无唱片。

随着反攻的胜利，我们由乡村进入小城市，学唱起《东方红》，有了歌片，上写：词，张松如改编。张松如是谁？延安来的一位首长告诉我们，张松如就是《八路军进行曲》（解放战争中更名为《人民解放军进行曲》；1951年，中国人民解放军总政治部修订了歌词；1965年更名为《中国人民解放军进行曲》；1988年被确定为中国人民解放军军歌）的词作者，笔名公木。

他又介绍，这首《东方红》改编自垦荒农民李有源、李增正常常哼唱的《移民歌》，很快在移民垦荒、大生产运动中传唱起来。日寇投降后，第一批挺进东北的文艺工作团于1945年11月到达沈阳，要组织演出，团长舒群等领导提议要有歌颂共产党、歌颂毛主席的节目，大家立即想到《移民歌》。但歌词中缺少歌颂共产党的内容，于是大家一致推举词曲作家公木和刘炽研究改编，最后确定由公木执笔。

歌曲第二段原词为"山川秀，天地平，毛主席领导陕甘宁，迎接移民开山林，咱们边区满地红"；第三段原词为"三山低，五岳高，毛主席治国有功劳，边区办得呱呱叫，老百姓拍手颂富饶"。而第一段则保留，只将原第三句"他为人民谋生存"改为"他为人民谋幸福"。

公木以自己在延安的感受和抗战胜利、全国即将解放、人们要为建设新中国而奋斗的伟大梦想，提笔将第二、三段改写为："毛主席，爱人民，他是我们的带路人，为了建设新中国，领导我们向前进。共产党，像太阳，照到哪里哪里亮，哪里有了共产党，哪里人民得解放。"

新歌保留了原有的民歌风格，语言通顺，朗朗上口，又有深刻的思想内容，获得一致通过，大家抓紧排练。演出时，公木、刘炽也被请上台同大家一起合唱。这时公木才想到还没给这首歌取名。机灵的报幕员手持节目单，便按歌词头一句"东方红"大声报幕："请听陕北民歌《东方红》！"从此，这首在陕北唱红的《移民歌》，

军歌词作者公木（右）为赵郁秀题写军歌词

又以"东方红"之名传唱东北大地，随之唱遍全中国。

当年，公木看到印出的歌片上注有"张松如改编"字样，立即郑重提出，这是民歌，是人民智慧的结晶，至于改编，也是集体的劳动。他坚决要求把自己的名字去掉。

近年，我在公木的自传里也看到这样的自述：1944年冬，与鲁迅艺术学院戏音系孟波、刘炽、于兰、唐荣枚四同志一道赴绥德地区，下乡闹秧歌、采集民歌……就《移民歌》首段改编并填词，写成《东方红》歌曲，这是抗战胜利到达东北时才由东北文艺工作团集体完成的。

当年，那位首长向我们介绍时，曾说："公木可能是农民家庭出身，非常淳朴、厚道，但学养深厚，古典诗词烂熟于心，出口成章。不过，人家不显山露水，淡泊名利。做人，就要做这样的人。"

我深深记住了这句话，"淡泊名利"，但想象不出这位淡泊名利的人是怎样出口成章、怎样淳朴厚道。

1953年秋，我被北京中央文研所录取。不久，全国第二次文代会在北京召开。我和来自陕西省的同学贺抒玉大姐到雷加家拜访，正遇上参加文代会的东北区代表马加、吴伯箫、师田手、公木四位作家。他们的作品我都读过，但和他们都是第一次相见。他们不像雷加那样身材高大、举止豪放，都是中等身材，年龄、体形都差不多，而且都穿着藏青色棉卡其布中山装，很是淳朴。吃饭时，他们都极热情地为我们俩夹菜、让酒，我们俩成了主宾。贺抒玉还小声和我说："你们东北这四位前辈，若头上系个羊肚子白毛巾，和我们陕北老汉差不多。"我笑说:"这都是吃足了延安小米嘛!"可惜,没机会同他们谈谈在延安的创作。

转年秋,机会来了。公木和吴伯箫代替丁玲和田间荣任了我们文研所的正、副所长(丁玲和田间从事专业创作)。不久,吴伯箫另有重任,公木为专职所长。他很是认真、谦虚,常常讲:"我同前任老所长不能相比,我要向他们求教,也要向同学们学习,我们共同把文研所办得更好吧。"

这时期,我在同他们的不断接触中得知了在延安窑洞里"军歌"是如何诞生的。

公木,河北人,七七事变后到晋绥前线参加抗战。1938年到达延安,在胡耀邦领导的军委直属政治部宣传科任时事政策教育干事。而郑律成也在宣传科,任音乐指导。二人相处甚好。

郑律成的哥哥是朝鲜抗日组织"义烈团"成员。这个组织在中国南京建立了朝鲜革命军事政治干部学校,培养为祖国独立而战的青年军事政治干部。1933年,哥哥推荐郑律成到这个学校学习,并加入义烈团。在学习中,校长和同学们都发现郑律成嗓音响亮,富有音乐天赋。毕业时,校长推荐他去学音乐,说:"我们朝鲜是能歌善舞的民族,打败日本鬼子、建设新国家需要音乐。"郑律成进入了上海国立音乐学院。在轰轰烈烈的抗日救亡歌咏活动中,郑律成结识了很多中国的左翼文化名人,如田汉、冼星海等,以后,他得到爱国人士李公朴的资助,背着一把曼陀铃来到延安。在黄土高原的革命圣地,他激情满怀,请鲁迅艺术学院女同学莫耶写诗,很快谱写出《延安颂》。"啊,延安,你这庄严雄伟的古城,热血在你胸中奔腾……"这正是他的真情抒发,也表达出所有到延安的人热血在"胸中奔腾"。之后,他发现好友公木的笔记本上写有同他感受相仿的诗歌,如《子夜岗兵颂》等,他暗中抄下,为其谱成歌曲。

光未然作词、冼星海作曲的《黄河大合唱》在鲁迅艺术学院礼堂演出,轰动了延安古城,轰动了黄河上下、大江南北。毛泽东为

公木牵战马"向前、向前"

之拍手叫好,周恩来亲笔题词"为抗战发出怒吼,为大众谱出心声"。郑律成很受感动和启迪,他找到公木说:"我们俩也写一部大合唱吧,叫'八路军大合唱',怎么样?"公木还是第一次听到"大合唱"这个词,不知如何合法,他以自己的军旅生活感受,分别写出了《骑兵歌》《炮兵歌》及《八路军进行曲》等。那时没有钢琴和手风琴伴奏,他们在昏暗的窑洞里借着一盏小油灯,绕着桌子踏步,敲着盆,拍着腿,击节,慎思,经多少个日夜,《八路军大合唱》诞生了。

1995年,我曾邀请公木老师为我主编的《文学少年》杂志写了《寄小读者》一文,他寄语"业精于勤,而荒于嬉……"。文中又提到,他写此歌词时"反反复复学习毛主席《论持久战》及在六届六中全会上的报告,再加我是个时事干事,对世界斗争和中国抗战形势也比较了解","写歌词要站在抗战形势发展的高度,要有一股压倒敌人的气概"。

公木不仅写出了唱出时代最强音的军歌，在此前后，还创作了诸多脍炙人口的诗篇，如《哈喽，胡子》《鸟枪的故事》《我爱》等等。

他任所长时，同学们，特别是诗歌组的同学们都渴望多听公木的古典诗词课，都知道他自1950年进入东北师范大学教书便讲这个专题，对此有精湛的研究，并著有论文和专著。遗憾的是，1955年来了"反胡风运动"，本应学习三年的文研所二期学员，提前一年毕业了。

一年后，我们听到了公木所长的不幸消息。我们走后，他将父母从河北老家接到北京，住在我们学员曾住过的鼓楼东大街103号四合院。一天晚间，由于煤气中毒，父母双亡了。我们怀念那个古香古色的四合院，更对这两位辛苦一生、进京不久的老人匆匆离去感到悲痛，他们是普通农民，以善良的本性抚养子女。公木在自传里曾述：

他1910年出生，读过两年私塾后，他要求进学堂，父亲便背

郑律成牵战马"向前、向前"

着一布袋小米送他进河北省深泽县河疃高级小学。"入门升堂，先给至圣先师孔夫子的牌位磕了三个响头。""校规极严，教鞭和戒尺是经常动用的。"但，他专心苦学，立志上进。"十二岁那年冬天，由父母之命，媒妁之言，给我娶了一个媳妇。当时我确实还不晓得娶媳妇是怎么一回事，只觉得披红戴绿，又坐花轿，吹吹打打，很是好玩的。晚间由妈妈怀里换到一位长我六岁的大姐姐怀里去睡觉……"

这就是公木的童年和少年。他在时代潮流的推动下，在自我苦学的奋斗中，由河北到天津再到北京，由小学到中学再到北京大学第一师范学院，进入革命队伍，成长为著名诗人、教授。他虽对父母竭尽孝行，却没有满足父母渴望的早早成家立业、儿孙绕膝、阖家团圆之愿（从师范学院毕业教书时，同"大姐"离了婚）。现今，他早已自由恋爱结成新家，又将父母从乡间接到首都北京安度晚年。仅仅两三年，二位老人就这样离去了。我们作为在那里住过的学生，都为之哀伤、悲痛！而公木的悲痛之情未平，不幸又降临。

1956 年，丁玲等被打成"反党集团"、右派后，公木也被划为右派，开除党籍，送到辽宁鞍钢锻炼改造。这更使我们一惊。公木从读中学时起便接触了地下党传播的革命思想，1930 年加入青年团，又参加了"左联"的文学活动。1932 年，他代表进步同学拜访过鲁迅先生，并请鲁迅先生给同学们讲课，讲题为《再论"第三种人"》。他还写了《鲁迅访问记》，于"左联"的《文艺月报》发表。只因他不断参加"飞行集会"，参加声援五卅运动的学生示威游行，曾先后两次被捕入狱。1938 年，公木到达延安后，加入了中国共产党。这样的革命者怎么就被清除出党了呢？

十年动乱过去，1979 年，全国第四次文代会在北京召开，公木以吉林大学副校长和中国作家协会理事、顾问暨吉林分会主席的身份来北京参加文代会。丁玲、吴伯箫等老领导及我们同学代表欢聚一堂，自然有说不尽的话、叙不完的情。这些复出的前辈们一致声称：

第四次全国文代会上，原中央文学研究所师生合影。一排左起：白刃、谭谊、赵郁秀、刘真、董晓华；二排左起：贺抒玉、张志民、胡尔查、公木、李纳、丁玲、吴伯箫；最后排有古立高、邓友梅、蔡其矫、苗得雨等

向前看，夺回失去的时间！公木有言："回顾20年，深深体会到了共产主义世界观，不只在正常情况下，更须在特殊情况下，不只在顺境中，更须在逆境中，要着意培养。父母生身党给魂，骄阳霹雳练精神！"这就是永葆党魂、坚定信仰不动摇的诗人公木。

1995年，文研所成立45周年，一、二期同学发起校友聚会。南南北北的同学们都相聚到了北京，丁玲等老所长们都已作古，只有公木所长健在。但他没来报到，说还要讲课。原教务长徐刚代表大家打电话，请他讲完课乘飞机赶来，我们等待他开会。下午，老所长公木偕夫人到达。同学们一窝蜂拥上，如火山爆发，热浪滚滚。回顾过往，言不尽，思悠悠。挥毫泼墨，赋诗留字，一幅又一幅；合影留念，一伙又一伙。欢乐相聚两日，结束的那天傍晚，徐刚在家宴请公木夫妇，同时也邀我作陪。在座的还有著名诗人邵燕祥，他是公木老师曾热心扶植过的作家，也是公木老师的诗友。他们谈古论今，吟诗作赋。我静静旁听。悉知公木老师复出后，为争夺失去的时间，真乃呕心沥血、孜孜以求。他自述："环境改变了，责任骤然加重了。在我所隶属的吉林大学恢复了教授的职称，又一度兼任了中文系主任、副校长及学术委员会主任等职，社会活动也多起来……大有负债累累、力不从心之感，主要精力还是集中在教学、创作和科研三个方面，12 年招收了六届中国文学专业研究生……"

公木先后出版了《公木诗选》《公木旧体诗抄》，还有专著《诗要用形象思维》《诗论》《中国诗歌史论丛书》《老子校读》《老子说解》《老庄论集》等，另外有《先秦寓言概论》等。

公木用了近十年时间完成的《中国诗歌史论丛书》共九册，300万字，从先秦至近现代，将中国古今数千年浩繁、丰富的诗、词、曲、赋全面系统地加以研究、介绍。《中国诗歌史论》出版后，在吉林大学召开的首发式上，专家、学者们给予极高评价。除此，公木还在思考求索中编著出版了一些有关哲学的专著，如《商颂研究》《道家哲学智慧》《第三自然界概说》等，最后一部在学界引起极大反响。

另外，他还常应长影所邀，为多部电影作主题歌词，如《英雄儿女》的主题曲："烽烟滚滚唱英雄，四面青山侧耳听，侧耳听……"这动人的旋律、英雄的赞歌至今在群众中传唱不衰，给人以奔涌向上、追求梦想的正能量。1996 年，他停止了给研究生上课，也谢绝了一些社会活动，自称"倚枕半床书，好友良朋坐满屋。闭门寂未寞，对影孤不独……"

就在他表示"倚枕"停笔之时，我又读到他为半个世纪前的弟子于雷的诗集撰写的长达六七千字的序言。序言中不仅有深刻的学术分析，更有热辣辣的师生情和革命友谊，我曾多次翻阅，每每激动不已。于雷也是我的好友，他是辽宁省出版界的一位资深编审，又是诗人、散文家、翻译家，才学卓拔，但曾被打成右派。彻底平反后，他再次焕发了青春，苦苦奋进，译著多多。晚年拟出版诗集时，便请公木老师作序。容我将此序言摘抄两段：

> 丙子秋，87岁，卧病苦寂，静夜思，白日梦……嘱为《苦歌集》作序。……当时，我方三十八九，未届不惑，正当壮年。原本负责全校教学任务，主讲政治课……只因兴趣投合，特在文学系开设一课《诗经选讲》……这样就和文学院文学系诸同仁联系更密切了。大家一同审评同学的诗文，真如园丁莳弄花草，每有佳作，就像发现了奇葩异卉，竞相传阅，皆大欢喜。于雷同志是同学中的佼佼者……
>
> ……托起《苦歌集》感到分量很重很重。于雷曾问我："叫《苦歌集》当否？"有何不当！"苦歌"可不是哭歌；有的是人生的辛苦，清苦、痛苦，与命运搏斗的艰苦。这是一位有抱负与追求的诗人，从漫长岁月的胸膛中迸发出的多彩心声……

接下来，公木同当年为学生认真批改作业那样，将于雷的诗集分成两大主题，从立意、个性至语言、哲理、文采等进行精致分析、品评，使人读诗、读序双受益。最后又有一动情的总括，感人至深：

> 诗人于雷，少年风光，中年坎坷，垂老温馨。岂不正是"春得百花秋得月"，干雷酸雨走飞虹……我读《苦歌集》，有同感，有共鸣……
>
> ……咫尺天涯。山与山不见，白云相联；人与人，相联以思念。让我们一同来回忆新中国成立前后东北大学文学院文学系那一段"风华正茂""挥斥方遒"的时日吧！……

这就是从文、从教近70年，桃李满天下的公木与弟子的师生情。他播撒下多少这样有才华的种子，给予一代代桃李们多深多广的学识和情谊！真可谓是桃李遍地、桃李满天。而他自吹响了"向前、向前"的进军号角，又激起了中华民族多少英雄儿女前仆后继，浴火奋起，追求复兴，勇往向前、向前，向着太阳，永远向前。

诗人、教育家公木，在近90高龄逝世后，他的墓碑上没有一字是他的生平简介，只清晰刻着1988年经中共中央批准、被中央军委正式确定为中国人民解放军军歌的《中国人民解放军进行曲》的歌词：

> 向前向前向前！
> 我们的队伍向太阳，
> 脚踏着祖国的大地，
> 背负着民族的希望，
> 我们是一支不可战胜的力量。
> ……

方老和王二小

——忆诗人方冰

俄国作家列夫·托尔斯泰说："音乐的魅力足以使一个人对未能感受的事有所感受，对理解不了的事有所理解，将不可能的事变为可能。"

诞生于抗日战争时期的音乐、歌曲，正是当年中华民族众志成城、绝地反击、同敌人顽强斗争而取得最后胜利的真实写照，"将不可能的事变为可能"，它显出了无比强大的艺术生命力，开创了民族新音乐的先声。

在纪念抗日战争胜利70周年，铭记历史、开创未来的日子，全民网上投票，选出了十首经典抗战歌曲，其中有一首是代代少年儿童常唱不衰的，这便是《歌唱二小放牛郎》。

记得在"文革"前，有些年头，每到农历九月十六日，王二小

1948年方冰（左）在大连市，中为罗烽

壮烈牺牲的纪念日，也是词作者方冰生日的那一天，电台广播里都要播放《歌唱二小放牛郎》这首歌。它被编入了全国中小学音乐教材，还被做成连环画《王二小放牛郎》出版。据说在美国某地，《歌唱二小放牛郎》被作为中国民歌出版。

在纪念抗日战争胜利50周年，晋察冀文艺研究会主办的"庆祝抗战胜利联欢会"上，特请首唱《歌唱二小放牛郎》、时年已73岁的女歌唱家顾品祥再唱此歌，众听、唱者忆起如火如荼的战斗岁月，不禁热泪盈眶。在纪念抗日战争胜利60周年时，辽宁省诗人、作家聚会纪念胜利日，并追念诗人方冰逝世8周年，也请辽宁的女歌手深情演唱了《歌唱二小放牛郎》，与会者无不为之动容。

当年，我学唱这首歌时，对词作者方冰、曲作者李劫夫，只知其名，未见其人。对于李劫夫，看过他参与创作、当年在东北轰动一时的反映抗联战斗生活的大型歌剧《星星之火》，对他所写的主题歌曲《革命人永远是年轻》唱不离口。对于方冰，看过他的诗集《战斗的乡村》《柴堡》，那里描写的都是抗日军民可歌可泣的事迹，有冒着枪林弹雨抢救伤员的女担架队员，有在敌人"扫荡"时机智地引导群众转移的牧羊人，有为保卫麦收掩护百姓壮烈牺牲的好(郝)区长，等等。诗集后记还说明，"我写的都是大白话，是当年写在墙头、印在彩纸上的，是从人民日常生活中提炼的'诗句'"，这样"才能被广大人民百姓所理解"。我想，这位用大白话写诗的作家，在晋察冀抗日根据地一定是位常常和百姓混在一起，头包毛巾、腿绑裹腿的游击队队员，或者是肩扛红缨枪、手拿竹板的宣传鼓动员。

1955年夏，我应邀出席在沈阳召开的"《一个女报务员日记》作品研讨会"。《一个女报务员日记》这部短篇小说发表在大连的一份杂志上，是大连一位青年写的一个女报务员恋爱的故事，《辽宁日报》连发了批评文章。

会上，我听过几位批评者的发言后，贸然发表了自己的不同看法，认为有的批评是教条、庸俗社会学。会议中间休息时，走过来几位男士，一一同我握手，有位青年自我介绍说他叫张琳，是《一个女报务员日记》的责编，他指着高个头的中年男人说："这是我们旅大市文化局局长、文联主席方冰同志。"

哦，这就是《战斗的乡村》诗集和《歌唱二小放牛郎》的作者。他们一律穿着笔挺的毛哔叽中山装，头戴俄式鸭舌帽，颇具洋味的文化人风采。方冰有点儿口吃，一句一句同我交谈了有关文艺批评和扶植青年作者等问题。他们非常赞成我的发言，还欢迎我到大连去看看。

那时，我刚从文研所毕业不久，被调至东北作协当编辑。转年，我去了大连，当然去拜见了方冰。他已辞去了官职，下乡深入生活搞创作。我直接去了他所在的旅顺口区一个叫鸦户嘴的海边渔村。有人领我到他住的小平房。屋内没人。等待片刻，只见个头高高的方冰头戴草帽，足穿解放胶鞋，裤脚挽至膝盖下，挑着一对粪筐慢悠悠走来。我上前握手，他手一摆说："哦，我……我手臭。"他告诉我，下午和社员一起劳动、追肥。他指着粪筐说，还剩一点点粪肥，他挑回来，给屋后的菜园追肥。我随他绕到屋后，看到那一片绿油油的小菜园，茄子、辣椒……小青菜样样全，有垄沟还有水渠，显然是常常浇水灌溉。我说："你这小菜园侍弄得这么好，你一个人也吃不了呀。"他说："邻居们随便来摘。我每半月十天回大连一次，就给我的小孩带去一些，够她娘儿俩吃些日子。"我知道他已同任中学校长的夫人离了婚，内心很痛苦，但还如此惦念她们。我想起他曾在《处女地》发过的一首诗，是写远赴西北三线的建设者的乡愁，诗里说，"亲爱的，要说不怀念，那绝不是真情，就这么怀念着，也幸福得很"，时间"不会冲淡真正的爱情"。当时有人说这是方冰写给他离婚的夫人的诗，真乃诗人纯真感情。

我去看望方冰，也是约他为我们杂志写稿。他说，到生活中和人民同甘共苦，很是愉快，受益匪浅，但是却不能把真情实感写出来啊。现在要求写英雄人物，还要完美，可生活是复杂的呀……

他称自己"嘴敞"，嘴边没有把门的，笔头没设站岗的。他出身于安徽农村一个贫农家庭，原姓张，从小读私塾，崇尚武林好汉。抗战后奔赴延安，取笔名方冰，寓意做人要四棱八角、方方正正，心灵要如洁冰一样透明、晶莹、坚硬。他血气方刚，为人直率，磊落求真，不搞两面派，也有些固执。

此后，他相继给了我两篇小说《鸡》《两个羊倌》，写的均是普通小人物，个性鲜活，语言生动，生活气息浓郁，在《处女地》相继发表了。后来，他被调到辽宁作协兼任副主席，家仍在农村。他给了我一篇较厚重的短篇小说，写的是农村深翻地的事，揭露农村干部浮夸、造假，寓意应"深翻"下去，农民要抗拒，反对冒进、浮夸。主编审阅后，建议他修改。方冰两手一摊，把稿要回去了，着实"固执""偏激"。

1962年8月2日至16日，中国作协在大连召开了农村题材短篇小说创作座谈会。这是中央"七千人大会"之后，全国出现了进一步贯彻"双百"方针的自由

诗人方冰（右）和赵郁秀合影

120

轻松局面。会议由中国作协党组书记邵荃麟主持，文化部部长茅盾自始至终参加讨论。出席会议的有赵树理、周立波、李准等人，辽宁省的作家有方冰、韶华、马加三人参加。《文艺报》的唐达成、《人民文学》的涂光群和我列席了会议。

会上，邵荃麟先介绍了新中国成立以来小说创作的成就。新中国成立以来，出现了很多优秀作品。但自1958年"大跃进"以后，有些作品就失去了社会作用和艺术生命力，没有真实深刻地反映农村现实，文学批评中也有简单化、庸俗化的倾向。

茅盾在会上指出，现在许多作品中出现的多是先进人物和被批判的对象，其实中间状态的人物也可以当作典型，不要忽视、排斥创造中间人物的典型。要描写生活的广度和人物性格的多样化，题材要广阔，作品内容要丰富。

中国作协创研部主任、评论家侯金镜举例：河南一个将"浮夸风"当作正面大写的小歌剧中唱道："手断了扯着干，腿断了拉着干，脑袋裂了麻绳拴着干……"这样的艺术表现有生命力吗？

在畅所欲言的讨论中，自称"嘴敞"的方冰发言了，他说现在写英雄人物一味拔高，好像杀猪拔毛，把猪吹得鼓鼓的，把毛刮得光光的，这肥胖光亮的猪很好看了，可这是头死猪啊！

方冰这一席发言，被记录在册。"文革"开始后，中国作协将各位作家的发言打印寄到各单位，辽宁作协造反派则将方冰的发言归纳为"杀猪拔毛论"，大肆批判。有一天，造反派还给被批斗者戴上了纸糊的高帽。后来，我听造反派连长说，那天晚间，他们到"黑帮"住的各屋巡视，命他们按时休息，看见方冰戴着高帽靠墙打盹。连长让他脱衣，躺下好好睡。方冰指着头上的高帽说："这……这个问题怎么处理？"连长假装严肃地说："摘下嘛。"方冰又问："革命群众给我带的，我……我自己可以摘吗？"

这就是方方正正、较真、守规的诗人方冰。

粉碎"四人帮"后，我们相继从被下放的农村回到沈阳，搬进新房，我和方冰同志竟成了邻居。这时他也早已有了新家，新夫人是中俄混血儿，很是漂亮。夫人还带来了一个同前夫生的女儿，叫青卓，大大的眼睛，白皙的面孔，高个、健壮，快言快语，笑声洪亮。方冰对她如同对自己亲生女儿一样关爱，牵手游戏，讲故事，背诗词……十六七岁时，青卓被一剧团相中，成了话剧演员。她工作后，遇到挫折常哭哭啼啼。方冰多次对她耐心开导，鼓励她说："演戏流泪是感情投入，遇有难事流泪就是懦弱的表现，真正的强者不是想压倒一切，而是不被一切压倒，遇难而进嘛！"方冰还特意买了双白凉鞋送给女儿，寓意洁白、透明、心灵敞亮，穿着洁白的凉鞋，挺直腰身走长长的生活之路……

他还不断引导女儿读各类书籍，增长知识，陶冶情操，特别让女儿多读一些中国古今文学作品，如李白、杜甫、白居易以及鲁迅等人的作品，他们展现了华夏精神，是中华民族的脊梁。要做一位好的演员，必须具有丰厚的文学素养和高尚的魂魄。方青卓受养父方冰的教诲和影响，排除杂念，刻苦读书，在演员和影视圈内逐渐有了名气，还在《芒种》等各类文学杂志不断发表小说和诗歌，曾被铁源、秦咏诚等名作曲家邀请写歌词，还为多部电视剧创作主题歌。1988年，她主演了《雪野》中的女主角吴秋香，荣获了飞天奖最佳女主角奖。

诗人方冰不仅影响女儿方青卓演好戏、写好诗，还影响女儿做好人。一天，方青卓见《辽宁日报》有篇通讯，是表彰老作家方冰见义勇为事迹的。原来，方冰坐电车，发现一个掏包的小偷，立即上前阻止，小偷掏出匕首，方冰拍着胸脯说："你往这儿……这儿捅！"众人上前将小偷制服。方冰又苦口婆心地向小偷讲青年该如何以劳动谋生的道理，并嘱他向被偷女士致歉，小偷当众向方冰深深三鞠躬。方青卓将那张《辽宁日报》剪下保存，默默学习父亲的为人处事。

诗人方冰见义勇为，疾恶如仇，主持正义，捍卫真理，更表现在他的诗歌创作上。诗言志，文载道。他是理想主义者，坚持深入生活、扎根人民，不忘"晋察冀精神"，为人民抒情，为人民歌唱。他相继出版了《飞》《大海的心》等诗集，诗句朴实无华、真挚老道，高扬时代真、善、美，也尖刻针砭时弊，假、丑、恶。他在《邓小平畅游大海》一诗中曰："一臂开启中华大地改革之门，一臂奋力封堵贪腐之黑洞。"当年对"贪腐"之词，报刊极少提及，编辑建议他改改，他则坚持讲真话。当年，被"四人帮"残杀的坚持真理的英雄张志新一案彻底平反，方冰满怀愤怒，写出了四百多行长诗。他在诗中写道："都把手洗得干干净净，究竟是谁杀了她？"连连追问"谁之罪？谁之罪？"犀利的诗句，如一把利剑，向扼杀真理的刽子手刺去！此诗后来在《鸭绿江》刊发。

我不懂诗。闲谈中，我曾正儿八经地问方冰："你写的《歌唱二小放牛郎》这个英雄人物，到底是否有其真人？"我知道从前也有很多人这样问他，他多次简单回答"有"，或者点点头。这次，他也正儿八经地向我细说："我说有，就是生活中有。文艺创作不就是要创造典型环境中的典型人物嘛！人物被群众接受、感动，就是生活的真实，就是有！通过这个小英雄，宣扬晋察冀精神。这首歌要归功李劫夫的曲子配得好。"

对于李劫夫，我相识不相知。一次，我到我的老上级、文研所所长丁玲家拜访，丁玲丈夫陈明曾向我说过："你们东北的音乐家李劫夫可是天才、多面手啊。"他介绍说，在延安演出根据高尔基《母亲》改编的话剧，陈明饰演母亲的儿子伯维尔，有段独白和独唱，在台下看剧的李劫夫用小提琴配合拉了一段乐曲伴奏，大大增强了演出效果。陈明发现了李劫夫这个人才，拉他到西战团工作。他不仅能拉琴、吹唢呐、画画，还能唱，是最好的"贝斯"男低音。工作不到一年，陈明便介绍他加入了中国共产党。

李劫夫是吉林省农安县人。九一八事变前，在农安县发生了农民群起抵抗来华掠夺土地的日本人的万宝山事件（东北青年作家李辉英写出长篇小说《万宝山》，评为"东北抗日文学第一文"，以后，文学史家称"三十年代东北作家群",第一名常常是李辉英)。李劫夫的哥哥是万宝山事件的参加者,受其影响,李劫夫抱着抗日救国之情从东北流亡关内,辗转到了延安。进入西战团后,他注意收集民歌、民谣、民间小调,还为丁玲作词的《西北战地服务团团歌》谱曲,这是他的第一部歌曲创作。

方冰在延安陕北公学毕业后,要求上前线。他到了晋察冀根据地,同李劫夫相识。1942 年,日本鬼子在华北"清剿""扫荡"更为残酷,人民群众对鬼子的反击、搏斗也最英勇无畏,智斗顽敌、壮烈牺牲的英雄故事不断流传。方冰他们进驻的平山县两界峰村房东家的两弟兄和老父亲都被鬼子杀死,只剩下两个妇女带着几个孩子,一个 10 多岁的大孩子总扛着红缨枪站岗放哨,还同他们一起一砖一石地把鬼子烧毁的房子一点点修起。

有一天,方冰和李劫夫坐在他们刚修筑成的可遮风挡雨的茅草房窗台前,讲述着一路上亲眼见到和亲耳听到的那些侵略者令人发指的行径和抗日军民震撼心灵的故事,长叹着说:"我们怎么能把这些英勇的故事宣传到各地,使其家喻户晓,代代相传呢?"

李劫夫说:"你写个歌词,我来谱曲,不要墙头诗,要叙事歌曲。"那时方冰还不知"叙事歌曲"这个词,但他当即表示,你能谱曲,我就写。说罢,他找到了两半张白纸平铺在膝盖上,将精心保存的钢笔尖插在高粱秸上,蘸着红药水就开写。他先写个真人真事的《王禾小唱》,自己觉得不够劲,又将自己听到、看到,使自己不止一次流过泪的抗敌事迹,集中在自己熟悉的那些扛着红缨枪,站岗放哨、放牛拦羊、同敌人机智搏斗的孩子身上,按叙事诗格式细写。他将抗日英雄牺牲的时间定在自己生日那一天,使自己和小英雄合一,永怀不忘。唰唰唰,他一口气写完。

方冰把纸稿交给李劫夫,李劫夫边看边念,一拍大腿说:"好!抒情又悲壮!我马上谱曲。"李劫夫不声不响埋头谱完,定名为《歌唱二小放牛郎》。两人边拍着大腿边踱步吟唱,激情难抑,不停地揉眼擦泪。定稿后，他们马上油印出歌片，散发各地。不久，歌曲在《晋察冀日报》刊发，很快流传开来。李劫夫找到一名从农村招到文工团的被称为"金嗓子"的小姑娘顾品祥来独唱。李劫夫一句句教，方冰一段段讲，指导她怎样将这首歌唱得既抒情又坚强有力，表现出对英雄的赞扬和对敌人的仇恨。李劫夫还用葫芦瓢模仿曼陀铃做个"瓢琴"，让她自弹自唱，更有情有力。自此，小顾抱着这个土乐器，走到哪里就把"王二小"唱到哪里，一直唱到日本投降、抗战胜利。新中国成立后，小顾进了中央歌舞团任独唱演员，《歌唱二小放牛郎》成了她的保留节目。

我听罢方冰讲述，邀请他为《文学少年》杂志写篇文章，他在文中说，"王二小这个形象是我复合而成的。在抗日战争中，儿童团也起了很大的作用，站岗、放哨……""为什么单写这个放牛的孩子呢？因为放牛多在山坡上，兼管消息树最方便，敌人进攻都要先占领制高点，放牛的孩子被抓住的很多……""为什么取名王二小呢？二小是当时晋察冀儿童常用的名字……而且王字唱起来很容易引起共鸣……"

方冰生病住院时，女儿方青卓特地从

方冰（右）与女儿方青卓

北京赶来护理，常常在他耳边低声吟唱《歌唱二小放牛郎》：

> 牛儿还在山坡吃草，
> 放牛的却不知哪儿去了。
> 不是他贪玩耍丢了牛，
> 那放牛的孩子王二小。
> 九月十六那天早上，
> 敌人向一条山沟扫荡，
> 山沟里掩护着后方机关，
> 掩护着几千老乡。
> ……
> 二小他顺从地走在前面，
> 把敌人带进我们的埋伏圈，
> 四下里乒乒乓乓响起了枪炮，
> 敌人才知道受了骗。
> 敌人把二小挑在枪尖，
> 摔死在大石头的上面，
> 我们那十三岁的王二小，
> 英勇地牺牲在山间。
> ……

女儿方青卓深情地唱着，爸爸方冰静静地听着。唱到"每个村庄都含着眼泪"时，女儿用大大的泪眼凝望着爸爸含泪的双眼，慢慢说："王二小盼望您老多活几年，多向小朋友们宣传晋察冀精神。"后来，方冰真的战胜疾病，恢复健康出院了。

1997年，方冰病重又一次住院。方青卓同作协老干部处处长轮流日夜陪护。1997年7月8日，老诗人方冰安静地去同晋察冀的放牛郎王二小会面了……

今天，诗人方冰和他的好友李劫夫，两位已故的、坚持发扬"晋

126

察冀精神"的抗日文化战士，如果得知他们的《歌唱二小放牛郎》被人民选为经典抗战歌曲，"王二小"的少年"粉丝"们继续高唱着《歌唱二小放牛郎》时，他们若在天有灵，都会拍手击节，同声歌唱，愿"晋察冀精神"——为理想、为信仰奋斗终生的革命精神——在中华大地永远放光芒！

周而复始，千古风流

> 周而复同志一生丰富多彩，曲折复杂，可歌可泣。他1200万字大著，洋洋大观，犹如铸就一座文艺的长城，耸立当代，传诸后世，作为我们这个时代最有特色的文学创作，一定会为一代又一代的广大读者珍重和喜爱。

以上是当年文化部部长孙家正于《人民日报》（2004年11月2日）刊发的《周而复文集》序言《文学长城万里图》中一段深情话语，也道出了我们这些文学后生、读者的心声——喜爱和珍重。

周而复，国际文化交流和社会活动家，曾任文化部副部长，中国作协、书协顾问，全国政协委员。自1934年始业余写作，七十年如一日，惜时如金，勤奋笔耕，硕果累累。这部22卷本1200万字文集，可谓"文学长城"，中国文学史上的丰碑。这部文集的出版是献给周老的最珍贵的纪念。

2002年元月3日，文化部等单位代表去北京医院为周而复祝贺88岁大寿，并向他报告：经中宣部部长刘云山、国家新闻出版总署署长石宗源研究拍定，《周而复文集》要尽快出版，一定要出好！

前去祝寿的已故著名作家草明和欧阳山的女儿纳嘉姐妹告诉我说："那天周老精神特好，告诉我们他住院期间完成了百万字的《往事回首录》三卷本，70万字的《周而复研究文集》已由文化艺术出版社出版了，1200余万字的作品全集书稿满满一大箱已交给了文化部，出版落实了。更使他欣慰的是，在他忙于以上事情时，他，这位有近70年党龄的老布尔什维克，被撤销了曾经的处分，又回到了党的怀抱。70年风风雨雨革命生涯，70年辛辛苦苦奋笔疾书，可以大画一圆满句号了。不，周老说：'待病好出院后，他还要动笔，还有很多事情要做……'"

2004年元月8日，这位著作等身，声誉海内外的90余岁高龄老人，静合双眼，赴天国远游了。

元月12日，我在北京随同周而复的老战友，曾为辽宁省作协领导的崔璇同志前去周家的灵堂吊唁。周老的长子、石油专家周延抗及次子上海复旦大学副校长、物理学专家周鲁卫接待了我们。80岁高龄的崔璇同志深情忆念周老坎坷的经历、大起大落极不平凡的一生及他们半个多世纪的战斗友谊。当年在延安，崔璇的头生子同周延抗先后出生，那时崔璇的丈夫在前线，她身边无人照顾，孩子连一块尿布都没有。周而复脱下自己的旧衣让夫人王郓改了两套娃娃装，他们又亲手用桐油浸过一块油布，一起送来，使这个赤条条的延安生儿得到了革命温暖。崔璇的丈夫就是当年同周老合写著名报告文学《海上的遭遇》的作者金肇野（另有刘白羽、吴伯箫）。金肇野曾任过辽宁省农业厅厅长，后任中共中央对外联络部顾问，是鲁迅日记中提到过的热爱木刻和文学的东北热血青年，最早参加抗日义勇军的满族战士。

我最早知晓作家周而复的名字就是读了 1946 年在大连老新华书店出版的《海上的遭遇》。那时我是白山艺校的少年学员，国民党侵占丹东，我们由鸭绿江口撤退后，遇 12 级台风，在茫茫大海的狂风暴浪中颠簸了七天七夜，死里逃生。在大连读到《海上的遭遇》引起强烈共鸣，深记这些作家的大名，更关注他们的创作活动。

周而复，生于南京，自幼随父亲习书法，读古文，背诗词，上教会中学。16 岁开始写诗。1933 年考入上海光华大学英国文学系，后参加了左翼文学活动，曾跟随鲁迅等名家签名发表《中国文学工作者宣言》，呼吁团结抗日。钱锺书是他同毕业于燕京大学、工作于协和医学院的王郯医生结婚的介绍人和证婚人。1938 年，他偕王郯到达延安，王郯任延安中央医院医生，他单身赴晋察冀抗日根据地任战地记者，多次参加过彭德怀、聂荣臻、杨成武等将领指挥的反"扫荡"、百团大战等战役。写出了《诺尔曼·白求恩片段》《牛永贵受伤》等有声誉的报告文学和剧本。抗战胜利后，他被派至军事调处执行部，以新华社、《新华日报》特派员身份随马歇尔、张治中、周恩来三人小组赴各地巡视采访，写出了《东北横断面》《松花江上的风云》《晋察冀行》等多篇有影响的报告文学。国共和谈破裂，他又被党派往香港任文化工委书记，做文化统战工作。他通过编书、办杂志向香港介绍了解放区的大量优秀文艺作品，曾组织、带领郭沫若、茅盾等百余位进步人士，陆续由香港北上，迎接新中国成立。新中国成立后被调往上海，先后任华东局统战部秘书长、上海市委统战部副部长。此时，人们以为周而复日理万机忙于党务、统战工作，已从文学界淡出了。20 世纪 50 年代我在文研所学习时，讲课老师为郑振铎、胡风等全国诸多一流名家。我们曾提议可否请周而复来讲讲报告文学。记得上海的同学曾说："那是上海顶呱呱的统战部长，政协名人，无暇同文学搭界了。"恰恰相反，1957 年"反右"后文艺萧条时，周而复却捧出了冲破文学清规戒律的反映资本家各色形象的长篇小说《上海的早晨》，这是他亲历上海资本主义工商业改造、繁荣上海经济生动真实的写照，被誉为茅盾《子夜》之后可载入中国文学史册的鸿篇巨制，一炮打响。全书共四部170余万字。而后两部还未出版，"文革"风暴骤起，《上海的早晨》被批为"为刘少奇复辟资本主义鸣锣开道的大毒草"。沪、京、津等地各大报刊发有近百篇大批判，而且对敢于发表不同见解的上海工人也一网打尽，全被投入监狱。周而复在失去自由七八年之后的1979年又将《上海的早晨》四部全部推出。"士有忍死之辱，必有就事之计"。《上海的早晨》享誉全国，并拍成了电视连续剧。周而复被任命为文化部副部长，后又任对外文化联络委员会副主任。此间，他曾几十次率各类文化代表团访问五大洲30多个国家，会见过各国政要。他忙里偷闲，不仅发表散文、游记多篇，而且注意观察记录各国政要的活动和搜集历史资料，美国白宫、法国罗浮宫、日本皇宫以及蒋介石的故土旧居等等，他都仔细观察甚至画下图来。因为他胸中长久酝酿着书写第二次世界大战的宏伟蓝图，他笔下要绘出罗斯福、丘吉尔、斯大林以及墨索里尼、东条英机等各类首领形象以及他们的心理特征。为此，他访日时参观了原子弹爆炸纪念馆等地，也换上便装去看了日本靖国神社（在《长城万里图》长卷中已有细致描绘）。也为此，他回国后受到严重处分，还被大小报刊批判。但周而复没有哀怨，没有沉沦，肩荷沉重的负载，甘耐寂寞，甘于淡泊，以共产党员的坚韧、作家的赤诚和执着，呕心沥血，默默耕耘，经长长16载风雨，终于向一切理解和不理解的人们营构、绘制出一部全景式反映二战和抗日战争的恢宏巨作《长城万里图》，共6部，370余万字，陆续出版。书中不仅描写了前面所说世界风云人物，更精心塑造了毛泽东、周恩来、叶挺等领袖形象，还有蒋介石、汪精卫、白崇禧、冯玉祥等国民党政要，共百余人。这些人物大多他都相知相识，他读过并查阅过中英文资料一亿多字，写来呼之欲出，栩栩如生，真实可信，场景壮阔，气势磅礴，引人入胜。《长城万里图》

周而复（前）同崔璇（右）、赵郁秀合影

被称为"划时代之作"，震动了海内外，两次在人民大会堂和钓鱼台国宾馆隆重召开发布会和研讨会。陆定一、杨成武等高级领导及海内外名家近百人发来贺信、贺电，被评介为"当代中国的《战争与和平》"，是"一部《清明上河图》式的文学长卷"，荣获了全国"五个一工程"奖。此时周老已八十五六岁高龄。真如他的名字，周而复始，顽强拼搏，生命不息，笔耕不止。

2001年秋季，中国作协、全国总工会于北京联合召开已故著名老作家草明纪念会。周而复、魏巍等多位德高望重的老作家及知名人士光临。东北地区只邀我一人入会，嘱我发言。我在发言最后提一建议，讲到我在美国看到杰克·伦敦、马克·吐温等作家都设有两三处纪念馆、纪念广场等等，望中国也能参照，比如草明、周立波、艾芜、舒群、罗丹等许多名作家都曾在鞍山留下成名之作，可否建立个文学纪念馆，也是对鞍钢光辉历史的又一层面展示，大江东去，千古风流。此建议得到与会者的赞赏。会后，周而复老人拄着拐杖来同我握手，合影留念，并嘱我向他曾战斗过的辽河两岸的同志问好。他说，他家两代人都同辽河有缘分。他父亲曾在辽河边营口市一英国公司做过小职员。他随马歇尔等三人小组采访时曾几渡辽河，他曾写过辽河战斗的文章。他又说，我的建议很好，他双手支持。今天我才知道，此时他已写了遗嘱：死后要将他的高级住房、珍贵书画及一切财产全部捐献给国家。可能这正应了我的建作家纪念馆的提议。

我们吊唁的那天，在宽敞典雅的大客厅里，除周老的两位儿子外，还有几位文化部的同志。周老的儿子说："丧事办完，我们家属立即返回自己的住所和工作岗位。"石油专家周延抗马上要飞回科威特，他已在那里工作了 20 多年。这里的一切全交文化部同志管理了。这里，京西翠微西里公寓 50 室，将仍和周老生前一样，书山字海，老少客往，散发着周老喜闻的浓浓墨香，洋溢着勃勃生机。正如周老自己所说"一切都是身外之物"，"人生的目的在于奉献"，也似他的名作《白求恩大夫》中的白求恩一样，鞠躬尽瘁，死而后已。"春蚕到死丝方尽，周而复始百花馨。"

做好人　作好文

——记满族女作家、诗人柯岩

　　　　你们的工作是崇高而光荣的，热望你们在已有成就的基础上争取更大胜利。

——贺敬之、柯岩

　　《文学少年》创刊 30 周年之日，纪念活动在沈阳举办，会场两侧排列的多幅展览板，展出全国各有关期刊、各地名人的贺信、祝词、图片。头版头题醒目展出的便是贺敬之、柯岩亲笔题写的贺词。

　　巡看展板的与会者中不断有人说："你们能请到这两位大人物亲笔祝词，不容易哟！"

　　早在这一年的 8 月，我就给贺敬之、柯岩夫妇发出了邀请函，挂号寄到北京南沙沟，只是没有写明楼号（我记不清了）。一个月后不见有回音，我又打了电话，贺部长的秘书很客气地告诉我："近几个月，贺部长家白天都没人，您信中的要求，怕办不到了，柯岩同志在医院抢救，贺部长一直陪护，心情极端不佳。"我一时语塞，心情沉重又沉重。对柯岩病情的惦念，超过为《文学少年》求呈贺词的期盼。

但，我没有彻底绝望，我知道柯岩是位命大的福星。她的意志，如当年为自己取笔名柯岩（原名冯恺）的旨意——岩石上顽强生长出绿绿小树，柔韧、坚强。她的性格，如诗人石祥赠她的诗句"如一团火"，燃烧不息。1994年，她被割去一个有结核的肾。1996年，又接受心脏搭桥手术，当时多少人都担心这样只有一肾的弱体将承担不了体外血液循环，致使生命之火即刻熄灭。但，当解除麻醉之后，她忍着刀口的疼痛，笑对探视者：大难不死，必有后福！她又奇迹般活跃于文坛，新作连连涌现，作品集、研究文集、电视剧不断出现。20世纪末还带病赴意大利、美国讲学……她的才华似山泉般喷流，她为文学事业奔波、奉献，似一团火熊熊燃烧。

我在默默幻想、祈祷、祝福，从岩石中生长的小树苗已成长为大树，能否为她曾热情关怀的辽宁儿童文学园地播撒一粒种子，飘下一片美丽绿叶？

幻想，真的实现了。不久，从北京传来文前所提的文字刚劲、秀美的祝词，真乃句句千金，使我们铭刻于心。

《文学少年》的纪念活动结束，刊有贺敬之、柯岩祝词的《文学少年》杂志已出版，我正准备将散发墨香的12月号《文学少年》及致谢函发出，噩耗传来，我们尊敬的满族女作家，中共十二大代表，全国第八、九届人大代表，杰出的文学组织工作者柯岩，于12月11日13时35分在北京逝世了。悲痛中，我们急忙发去唁电、挽联，静默深记，她对辽宁儿童文学界、对《文学少年》的祝词已成为她的绝笔，也是对后人永远的激励。

我同柯岩相识在抗美援朝时期。那时，她所在的中国青年艺术剧院组织"文化列车"赴朝慰问，路过安东时演出，我们地方文联负责接待。柯岩是剧院的创作组成员，但她积极主动承担着演出的各项杂活，还扮演群众角色。我见她化装时拍着自己高圆美丽的前额叨念："看我这大脑壳，怎么化成北方农民老大嫂呢？"他们从朝鲜回国后，还创作演出了新剧目《中朝人民血肉相连》。那时我们已知她同《白毛女》编剧贺敬之是夫妻。歌剧《白毛女》在中国家喻户晓，杨白劳给喜儿扎头绳的歌无人不会唱，旧社会将人变成鬼的悲剧无人不为之流泪。因人们对天才的抗战剧作家贺敬之衷心的敬佩、崇拜，对其新婚的夫人自然也以新奇的目光格外热情看待。柯岩毫无架子，谦虚随和，泼泼辣辣，比普通人还普通。

1955年年底，我在《人民文学》杂志上看到柯岩的儿童诗三首，知晓这位文艺战士——编剧、演员进入了儿童文学界。以后，又见她有《小兵的故事》《"小迷糊"阿姨》《我对雷锋叔叔说》等儿童诗集陆续发表、出版。

柯岩（左）同赵郁秀

由《帽子的秘密》《军医和护士》《两个将军》组成的《小兵的故事》组诗，题材新颖，饶有童趣，将崇拜军人，梦想当兵、当海军、当将军的"淘气包"孩子的天真烂漫、乖巧、勇敢的特征写得活灵活现，尽情展现了儿童纯真、善良、美好的心灵。那时，我还没有进入儿童文学队伍，读的儿童文学作品很少，但柯岩这组儿童诗给我留下了极深的印象。我曾想象着这位饰演农妇的演员，一定像妈妈一样常常同孩子们喜笑颜开、摸爬滚打，生活在孩子的世界里。

粉碎"四人帮"后的1979年秋，第四次全国文代会在北京召开。我因为写了《党的好女儿张志新》，被中国青年出版社邀去北京，同人合写长篇报告文学《强者》（此书已出版），其间有幸出席了文代会，同分别了20余年的文研所同窗李若冰、张志民、苗得雨、邓友梅、玛拉沁夫、刘真及老所长丁玲、田间、公木、吴伯箫相聚、畅谈。

会后，我同好友刘真相伴而行，偶遇柯岩。这时的柯岩已不是我当年见到的演员形象了，不过那一双大大的眼睛更显黑亮，高高的前额被卷曲的发丝自然遮掩，亦现出潇洒、聪明、美丽。她打量着我说："哟，你是刘真大姐的同学、丁玲的学生，我们好像在哪里见过。"我马上说："我们的相识比我同刘真相识还早，不过，我同刘真是同屋、同窗两年有余，而同您仅是战争年代相见一瞬。"刘真马上介绍说，柯岩现在是《诗刊》的副主编，要进入中国作协领导班子了，女才子！柯岩立即谦虚地说："不敢，不敢。我是读过刘真大姐的作品及很多儿童文学作家的作品，才进入儿童文学队伍的，大家都是我学习的榜样。"

谦虚的柯岩在文代会上继刘真之后做了大会发言，题目好像是《为新诗及其队伍说几句话》。她谈的不是儿童文学，也不纯是诗，而是新形势下中国文学及新诗的发展。她满怀激情、高瞻远瞩，甜脆、洪亮的声音胜过当年在舞台上的台词道白，博得阵阵掌声。

转年，时任全国政协副主席的康克清大姐挂帅，举办了全国首届儿童文学评奖。柯岩的组诗《小兵的故事》荣获一等奖，她已被公认为儿童文学的领军人物了。

　　1985 年，我从被下放的铁岭地区调回辽宁作协，接手主编《文学少年》杂志，也进入儿童文学界。

　　1989 年夏，《文学少年》杂志在北戴河举办夏令营，同时为"少年情"征文大赛获奖者颁奖。听说贺敬之、柯岩夫妇正在北戴河，我贸然要去看望并欲邀请他们前来为小作家颁奖。当时我的行为还被当地再三限制，不告诉我他们的住址，一再问我怎么认识中央首长的。岂不知我在文研所学习时，被编在戏剧文学组，经常参加贺敬之主持的会议，有过座谈、交流。当我遵嘱在远处留步等待时，贺敬之大步从房门走出，远远喊着："欢迎，欢迎。"贺敬之、柯岩二位同志不仅热情接待我进屋畅谈，还爽快答应了我的邀请，使我们一个借地生花的小会开得十分隆重、热闹。

　　会后，柯岩还为小作家营员们讲课，与大家座谈。她身穿合体的素雅紫色连衣裙，风度翩翩，开朗幽默，谈笑风生，透着智慧的亮亮双眼不停转动，注视着每一张天真稚嫩的笑脸，她以孩子的口气、诗一般流利的语言回答着小作家的有趣提问。她鼓励小作家们一定要读好书，做好人，尊敬师长，孝敬父母，爱劳动，爱生活；学习不能偏科，数学、化学等都要好好学，要吸收各方面的知识，开阔视野，提升想象力。当有小作家提问读什么书为好时，她拉着小作家的手说：你爱好文学，当然要多读文学作品喽！那些古今中外的好作品都可读，除此，历史、地理等各类知识书籍也要浏览。要坚持写日记、写笔记。除多读书外，音乐、美术、体育等各项活动都可以凭自己的兴趣参加，可不能成为小书呆子，应当天真活泼、兴趣广泛，感受、捕捉生活的情趣、生活的美。生活是多么丰富多彩呀！文学，儿童文学就是要展现生活的美、灵魂的美。诗是感情的回声，要以情动人，而情，要真、善、美。一个诗人、作家，要有高尚的人品、气质，要是小肚鸡肠，总想走歪门邪道，对人不善、不真，那是写不出好诗，出不了好作品的。希望小作家们做好人、作好文、出好作品，树理想、立大志！

座谈原定一个小时，可是两个小时过去，大家仍然意犹未尽，签名、留言、拍照、合影，恋恋不舍。当我同她牵手相送时，她真诚邀请我有暇到北京，到她家做客。

两年后，我去北京，携女儿去南沙沟柯岩家拜访。那天正赶上吃午饭，他们夫妇二人每人端一碗玉米糊糊离开饭桌，同我们边谈边喝玉米糊糊，碗里好像还有菜叶。我女儿小声嘀咕："怎么他们还吃忆苦饭？"不知柯岩是否听清，她端着饭碗指指贺敬之，笑说："这是俺家老贺最喜爱吃的山东家乡饭。"家乡童年永远装在他们心中。

她面对我的女儿，讲起了她的童年。

柯岩，原名冯恺，满族。祖父曾为清朝小官吏，父亲受到辛亥革命思想影响，反抗封建包办婚姻，离家出走，进入铁路部门任技术员。从武汉、长辛店至"二七"铁路工人大罢工的发源地郑州，他耳濡目染，反侵略、反压迫的爱国主义情愫增强。1929 年 7 月 14 日，柯岩出生在郑州。从懂事时起，她便常听酷爱文学的父亲和敢于同父亲逃婚、性格刚强的母亲讲述中国忠孝仁爱的传统故事，背诵唐宋诗词。7 岁时柯岩进入铁路工人子弟小学读书，铁路工人家庭生活的困苦、工人子弟的淳朴给了她感性的熏陶。全国抗战爆发，父亲挺身参加了支援二战英美盟军军运的滇缅铁路工程，一家人随之迁到云南。在抗战的艰苦条件下，在美丽山乡的油灯下，她大量阅读父亲读过的或给她借来的抗战报刊、二战地图和古今中外的文学书籍。她学会了唱冼星海的《黄河大合唱》，她读到了丁玲的书，特别是《我在霞村的时候》等抗战作品，也知晓了延安有歌剧《白毛女》，还有《南泥湾》，抗战作家在她心中树起了可敬、可亲的形象。中国的李白、杜甫、白居易，外国的歌德、莎士比亚、托尔斯泰等文学巨匠们的美文瑰语使她着迷，引领她走进瑰丽多彩的文学殿堂。

抗战胜利后，在昆明发生了震惊中外的国民党特务暗杀李公朴、闻一多的惨案。正读师范学校的柯岩早已从父亲那得知李公朴、闻一多均为反法西斯、主持正义的爱国教授，她挺身参加罢课、反对白色恐怖抗议活动，还被选为罢课委员会主席，带领同学们到西南联大集会、游行。从昆明到大江南北，从西南联大到全国各大中学校，反内战、反独裁、反饥饿、争民主、争自由的爱国热潮如汹涌的波涛。不久，辽沈、平津、淮海三大战役胜利，解放军百万雄师过大江。柯岩报名参加了革命队伍，随之挺进北京，进入北京中国青年艺术剧院，那年她才19岁。1956年，她加入中国共产党。

柯岩面对我的女儿，又像在北戴河面对小作家那样，诚挚地告诉她要写好文，必须做好人。听说她是学农业的，柯岩又热情鼓励说："学农好，直接为农民服务，中国是农业大国嘛！做任何工作，也首先要做好人，真心实意为人民办事。"

我们从南沙沟贺敬之家出来，我向女儿概括地介绍了柯岩的创作情况。她出版了儿童文学、中长篇小说、戏剧等作品40多部，很多作品被译成英、德、日、俄等多国文字，多次获得全国文学、文艺大奖，被选为全国文联委员……

我们说着话，女儿不由背诵起《周总理，你在哪里》的诗句：

> 周总理，我们的好总理，
> 你在哪里啊，你在哪里？
> ……
> 我们找遍整个世界，
> 啊，总理，
> 你在革命需要的每一个地方，
> 辽阔大地，
> 到处是你深深的足迹。
> ……

这朗朗上口、让人读过不忘的诗句，表达了人们深切的怀念，是时代的心音，震撼人心、脍炙人口。柯岩的诗就是这样以情动人，是时代的情、真挚的情，展现出艺术美、思想美。

柯岩永葆一颗充满爱国主义激情、永为人民、真诚善良的童心，她常常生活在群众中，同人民共呼吸。她的第一部长篇小说《寻找回来的世界》出手不凡，改编成电视剧后家喻户晓，那生动的人物形象、那动情的主题歌，多少观众深刻脑海。"失去的一切还存在于未来，未来的一切正起步于现在"，这形象的诗句唤起多少青少年朋友对美好未来的幻想。

她除了写诗、创作儿童文学作品，还写过报告文学、散文、剧本、小说等，被人称为"多面手"。她的诗，富有戏剧性的巧妙结构，她的报告文学和散文又多用诗的语言，充满诗情哲理。她写人，给读者的不是一张无生命的剪纸，而是立体的、有血有肉的灵魂雕像——真实的、活生生的人；她写事，不是无选择地摄影，而是精选了那些最足以表现主人公特征的镜头。在她的作品里，既有洪流般的感情宣泄，又有精雕细刻的细节描写。

她崇拜的女作家丁玲曾于《光明日报》撰文评价柯岩："你不愧是一个诗人。当你在书中写到一些你所爱的人物时，……写他们的那些高尚的情愫时，真是诗情浓郁，读来真是一种享受。"她同丁玲一样，总是寻找现实生活中最美好的事物，激情再现。她说过，为了我们民族一代比一代更好，"我们必须倾注全部心血，调动一切艺术手段，让他们得到最新最美的文化艺术，成为社会主义新人"，"未来，多么美好啊！为了它，我要努力做人，努力作文"。

她同她追随的丁玲一样，为文学奉献终身，殷切热望后人"做好人，写好文"！

后　记

　　衷心感谢大连出版社，在纪念建党 95 周年、红军长征胜利 80 周年之际，要同时为我出版两部纪实文学即报告文学集——《梦想的力量》《信仰的力量》。我欲出版此书，是想通过对历史和现今，对革命前辈、红色老作家的书写，表达一个中心：以爱国主义精神讲好中国故事。

　　我所以热心于如此讲述中国故事，出于我自己的成长经历和感悟，愿以在纪念建党 70 周年时《辽宁作家》特约我撰写的《入党》一文（刊于 1991 年《辽宁作家》三期）代为后记。

　　1948 年 10 月，辽南大地一片金黄，喜庆丰收，辽沈前线炮声隆隆，捷报频传。在这迎胜利之月的 22 日夜晚，我在辽南瓦房店市北山脚下一座小学教室里，同几位白山艺校同学、战友面向鲜红的党旗举手宣誓。誓言庄严，声音很低，灯光闪亮，窗帘严密，因为那时我们是秘密入党。同我一道宣誓的有现已成为国家话剧院著名演员的田成仁等，他们的候补期为半年。而我仅16岁，候补期长，为青年候补党员。

宣誓后，我的入党介绍人之一白鹰校长（上海人，老红军）紧拉着我的手，蹲在院中一棵大树下，望着满天星斗，轻声对我说："小赵，你是喝着党的乳汁长大的，党是我们的母亲，我们一生献给母亲，献给党，今后，要按党性原则学习、锻炼……"

那时，我还不太理解"党性原则"是什么意思，但，"党是母亲"这句话，使我已热血沸腾的身心更加了一把火，常燃不熄。

白鹰校长，现已93岁高龄，早已从中国艺术研究院副院长职位退下。我每到北京，都去看望他，面对这位身坐轮椅仍头脑清晰、谈笑风生的老人，常常温习他的"党是母亲"，"大手牵小手，步步往前走"的肺腑忠言。

我14岁就读于安东联合中学，幸运地得到了教导主任兼班主任刘佩侠老师（后来才知道她是新四军老干部）的关爱，她派我和另一同学给在海城起义的原国民党军第六十军一八四师师长潘朔端献花；她选我及部分同学代表去听取高崇民、阎宝航从大后方归来揭露国民党暗杀闻一多等罪行的报告；她选我为班级墙报委员。暑假，她给我五元钱（我家困难）介绍我到辽东白山艺术学校临时学习。她嘱咐我说："你墙报办得好，喜欢作文，送你去那里好好学习，提高作文水平。如有兴趣了，就学下去，参加革命。"我出生于九一八以后的1933年，彻头彻尾地接受了日伪奴化教育，根本不明白什么是参加革命。但，到了这个学校，吃饭不要钱，还能吃到小米、高粱米干饭，比家里伙食好；同学们对我又十分热情关照，还有许多新书可以随便阅读，我极有兴趣，爱上了这个学校。

10月，学校突然宣布：全体同学整装待发，到乡下去搞宣传活动（实际是蒋介石撕毁了《双十协定》，大举进攻解放区，我们随军撤退），有的同学听到了风声，悄悄回家了，有的家长前来领孩子。我的祖母和叔叔（我的父母在我 10 岁时为躲劳工去抚顺谋生了，将我留在祖母身边）也急匆匆赶来拉我回家，说八路军要把你们送到老毛子（苏联）去换飞机、大炮……在我懵懵懂懂哭哭闹闹时，白鹰校长赶来，他耐心地劝我祖母不要听信谣言，细讲道理，最后说："请老人家放心，我们一定照顾好这个小妹妹，大手牵着小手，步步往前走，不久将来，保证让您老人家看到一个健健康康长大成人的好孙女。"应祖母的请求，白鹰校长亲笔写一保证书。以后，白校长扮演了《白毛女》中的杨白劳，同学们常开玩笑说，白校长一个手印保下一个黄毛丫头，又一个手印卖了喜儿亲闺女。

我真的参加了革命，被"大手"们牵着步步往前走。解放战争反攻开始的 1948 年年初，一位大我几岁的女同学突然悄声问我："小赵，你想参加共产党，当党员不？"我很惊奇："我们跟着共产党走，经风浪，打游击，不早就参加了共产党，当了党员吗？"她笑了："傻丫头，共产党是个组织，秘密的，表现积极、进步的人才能入，我们都不是党员呀。斯大林说，共产党是特殊材料制成的。我们也得争取成为革命的特殊材料。"

后来，我大胆找到白校长，直问："在革命队伍里还另外有共产党组织吗？您是老革命，一定是光荣的共产党员！"他笑着，没有正面回答，我诚恳向他表示，望领导能不断指出我的缺点，我积极改正，大步前进，以后能参加共产党。他说："好，时刻准备着！共产党员要树立崇高的理想和信仰，准备牺牲个人的一切，为共产主义奋斗！"

我按着他们的教导和帮助，默默刻苦学习，实打实地工作，时刻准备着。在辽沈战役全面胜利前夜，我实现了自己的愿望和理想，成为无产阶级先锋队一员！半个多世纪过去了，每当纪念党的生日、重温党走过的光辉道路、深入学习党的光荣传统时，每当我前去看望我的入党介绍人白鹰同志时（现仍健在），我都会情不自禁地回忆起 1948 年 10 月那个星光闪烁的不平凡的夜晚，重温"党是母亲"这句沉甸甸、暖融融的话语。母亲的本性、党性原则，以我几十年学习、实践理解，就是坚守信仰的大爱，纯真的爱。爱人民，爱事业，爱生活，爱祖国。爱，来源于信仰、来源于理想，以道德修身，服务人民，为事业担当。我进入辽宁儿童文学队伍，即遵循这一守则，有一分热发一分热，有一分光发一分光，大手牵小手，大步往前走！生命不息，前进不止！

本书原为我提供的一部书稿，出版社编辑感到篇幅过多，提议按其内容分成两部，分别为《信仰的力量》《梦想的力量》，也可为姊妹篇。感谢大连出版社的精心策划。

永远感谢指引我前进的长者、战友、同志们！感谢我的老同学、中国作协原副主席邓友梅为本书作序。还要感谢谭华女士、沈铁冬先生，他们为本书的出版均给予热情帮助。

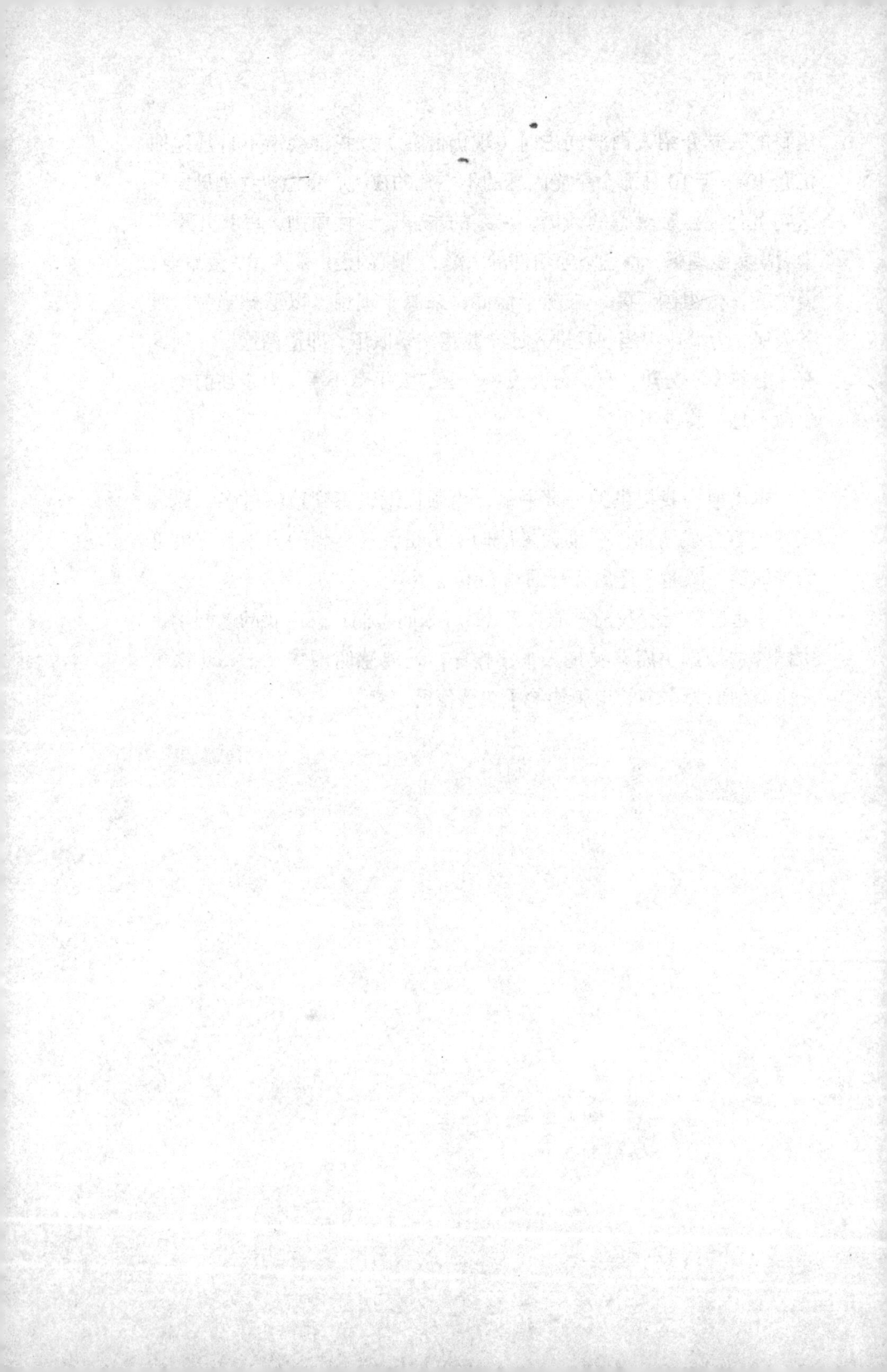